LA HACHE DE BRONZE

JEFFREY LORD

BLADE

LA HACHE DE BRONZE

TRADUIT DE L'AMÉRICAIN

PAR FRANCE-MARIE WATKINS

PLON

Titre original

THE BRONZE AXE

I.S.B.N. 2.259.00042.8

(Édition originale : I.S.B.N. 0.523.00201.7,
Pinnade Books, New York)

CHAPITRE PREMIER

Par une curieuse coïncidence, Richard Blade lisait justement ce matin-là un article du *London Times* sur les futures merveilles de la science, intitulé « La Technologie de l'avenir ». L'auteur donnait même des dates. Ainsi, tout en mangeant de bon appétit ses œufs au bacon, Blade lut qu'en l'an 2000, des animaux intelligents seraient sans doute utilisés pour certains travaux pénibles. Il se versa encore une tasse de thé et se demanda ce que cela signifiait au juste. Un gorille contremaître dirigeant des équipes de chiens, de mulets et de chevaux? Avec un chimpanzé à la comptabilité? Des mutants, spécialement entraînés? La bouche de Blade esquissa un sourire. Les chats, pensa-t-il, feraient d'excellents espions.

Blade était un des cracks du contre-espionnage britannique depuis bientôt vingt ans — recruté alors qu'il était encore à Oxford — mais pour le moment, J, son chef, lui accordait de petites vacances. Zoé Cornwall, la belle aux yeux de biche qu'il comptait bien épouser un jour, l'attendait dans son cottage du Dorset. Dès qu'il aurait fini de déjeuner, il sauterait dans sa petite MG pour aller passer le week-end avec elle.

Pendant une seconde, la vision de Zoé, de son corps pulpeux et consentant, voluptueusement allongé sur un lit aux draps frais, s'interposa entre ses yeux et le journal. Mais il chassa résolument cette image et poursuivit sa lecture; l'article révélait que dès 1990, les savants pensaient établir une interaction électro-mécanique entre le cerveau humain et un ordinateur. Il n'eut pas le temps de réfléchir à cette singulière nouvelle. Le téléphone sonna.

Blade s'immobilisa, la fourchette en l'air. Il avait deux appareils et c'était le rouge qui sonnait, celui qui le reliait directement à Coprah House et au bureau de J. Une mission, donc. Il pesta et envisagea de ne pas répondre. J lui avait formellement promis de courtes vacances. Et Zoé l'attendait.

Il décrocha. Le devoir avant tout.

— Allô?

C'était J, naturellement, un vieux bonhomme éternellement vêtu de costumes de tweed fripés, à la voix faussement suave.

— Bonjour, mon bon ami. Belle matinée, non? Mais vous n'avez peut-être pas encore mis le nez dehors. Peu importe. Voulez-vous brouiller, je vous prie?

Blade pressa le bouton sur le socle de l'appareil.

— C'est fait.

— Je sais que je vous ai promis des vacances, et vous serez sûrement heureux de savoir que j'entends bien tenir parole. Cependant...

Richard Blade fronça les sourcils.

— Oui?

— C'est moins que rien, assura J. Ça n'a pas grand rapport avec votre travail habituel mais on semble avoir besoin de vous. Je ne sais pas très bien de quoi il s'agit, sinon que c'est terriblement secret et urgent. On m'affirme que vous n'en aurez pas pour longtemps, quelques heures tout au plus. Si vous voulez bien passer maintenant, Richard, je vous en dirai plus long. Cela ne vous ennuie pas?

Richard Blade travaillait pour J depuis de longues années. Il savait reconnaître un ordre, même s'il était exprimé avec tact. Il promit à J qu'il le verrait dans une heure.

Copra House, une vieille bâtisse victorienne aux murs noircis, se trouvait au cœur de la City. A la porte, une plaque de cuivre annonçait que c'était le siège social de la New East India Copra & Processing Co. Ltd. Cette société existait réellement. Mais dans un des bureaux, au fond d'un labyrinthe de corridors sales et obscurs, J dirigeait le M16A, une branche très spéciale de la Special Branch.

J attendait Blade à la porte de l'austère cagibi qui lui servait de bureau. Le vieux monsieur était coiffé de son melon et avait un parapluie roulé à la main ainsi qu'un léger Burberry sur le bras. Il l'accueillit par un large sourire de fausses dents brillantes.

— Venez, mon bon ami. Nous allons prendre un taxi. Il semble que l'on nous attende à la Tour.

Dans la voiture, J bourra sa pipe tout en examinant Blade.

— Vous avez l'air en pleine forme, mon garçon. C'est parfait. J'ai cru comprendre que pour ce... cette expérience, ils recherchent le plus parfait spécimen physique et mental d'Angleterre. Ils ont consulté des milliers de fiches et vous avez été choisi. Ce doit être un compliment, j'imagine.

Blade était curieux et méfiant. Cela ne ressemblait pas à une mission d'espionnage ou de contre-espionnage. De quoi pouvait-il donc s'agir?

— Une expérience? Je dois servir de cobaye?

J prit le temps d'allumer sa pipe. Il parla entre les bouffées.

— Quelque chose comme ça, sans doute. Tout ce que j'en sais, c'est que Lord Leighton m'a téléphoné en personne, ce matin de bonne heure, pour demander à vous « emprunter ». Alors rendez-lui ce service. Il paraît que ça ne vous retiendra guère.

Tout comme les vrais Parisiens ne sont jamais montés au sommet de la Tour Eiffel, Blade, en bon Londonien, n'avait jamais mis les pieds à la Tour de Londres. Et il n'y pénétra pas cette fois comme le font les touristes. Un « bobby » en tenue les attendait, qui les confia à deux civils costauds, visiblement des hommes de la Special Branch, qui les entraînèrent tous deux dans un long tunnel, un dédale de souterrains et s'arrêtèrent enfin devant un ascenseur qui paraissait installé depuis peu.

Un des hommes pressa un bouton, puis tandis que la cabine montait il se tourna vers J.

— Il doit descendre seul, monsieur.

— Bien entendu. Eh bien au revoir, Richard. Appelez-moi quand vous pourrez, et racontez-moi comment ça s'est passé. Je vous avoue que je suis dévoré de curiosité. S'ils vous permettent d'en parler, naturellement.

La cabine arriva. Blade y entra. Il n'y avait ni boutons ni manettes à l'intérieur. Une porte de bronze se referma automatiquement dans un soupir chuintant et la cabine entama une descente si rapide que l'estomac de Blade se crispa.

La cabine plongea pendant un long moment. Blade se demanda depuis combien de temps on creusait secrètement sous la Tour. Était-ce un abri atomique? En tous cas, le secret était bien gardé. Il était au courant de beaucoup de choses, de par sa profession, et c'était la première fois qu'il apprenait l'existence de ces lieux. J n'en avait rien su non plus. Blade fut impressionné.

La cabine s'arrêta et l'estomac de Blade reprit sa place normale. La porte s'ouvrit. Il sortit dans une antichambre brillamment éclairée, meublée simplement d'un petit bureau et de deux fauteuils. Une espèce de petit gnome était assis derrière le bureau. Blade reconnut immédiatement Lord Leighton, le plus grand savant de Grande-Bretagne, le génie des génies, un des rares hommes dont dépendait la puissance de la nation.

Leighton se leva. Blade avait oublié qu'il était bossu. Il devait sans doute avoir eu la polio, car il s'approcha d'une démarche pénible, en crabe. Il tendait la main.

— Richard Blade? C'est très aimable à vous de nous aider. J'espère que cela ne vous aura pas trop dérangé?

Blade assura que cela ne le dérangeait pas du tout. Absolument pas. Il n'était que trop heureux d'aider à... euh... à la chose en question.

Leighton le toisa, puis il sourit, montrant des dents jaunies par le tabac.

— Si cela vous ennuyait, Mr Blade, vous ne pourriez vous en prendre qu'à vous. Nous cherchions le specimen le plus parfait, physiquement et mentalement, et nos ordinateurs ont à chaque fois sorti votre fiche. Au fait, quels sentiments vous inspirent les ordinateurs? Tenez, venez par ici.

Il précéda Blade, ouvrit une porte d'acier et s'effaça pour laisser passer son visiteur. Celui-ci s'immobilisa. Devant lui, dans une vaste salle au plafond bas, des dizaines d'ordinateurs alignés comme des monstres domptés bourdonnaient et cliquetaient de tous leurs circuits. Perplexe, Blade se retourna et dit :

— Ma foi, Sir, les ordinateurs ne m'inspirent guère de sentiments. Je n'y connais pas grand-chose. Nous en utilisons pour notre travail, naturellement, mais personnellement j'ai eu très peu de contacts avec...

— Parfait, parfait, interrompit Leighton. L'essentiel est que vous n'éprouviez aucune hostilité. Ils le sentent, vous savez, et cela peut les rendre parfois bien rétifs. Ah! Nous y voilà, Mr Blade. Par cette porte, si vous voulez bien, et déshabillez-vous. Entièrement. Tout nu. Vous trouverez une sorte de pagne. Mettez-le et rejoignez-moi au plus vite. Le temps presse, vous savez, et je suppose que vous avez hâte d'en finir et de repartir.

Blade, dépassé par les événements, entra dans une petite pièce. Il se dévêtit et serra autour de sa taille la petite serviette de toile qu'il trouva accrochée au mur. Puis il retourna dans la salle où les ordinateurs faisaient un bruit de ruche. Lord Leighton, en blouse blanche, était penché sur un des appareils et regardait les voyants clignotants. Ses lèvres bougeaient et Blade s'aperçut qu'il parlait tout seul. Il commença à se demander si le vieux bonhomme avait toute sa raison.

Mais les petits yeux jaunâtres du savant brillèrent d'intelligence quand il examina le corps de Richard Blade. Il hocha la tête.

— Parfait. Merveilleux. Si votre intellect est en aussi grande forme que votre corps, vous êtes bien l'homme que nous cherchions. Mais il faut dire que nos ordinateurs ne mentent pas. On ne peut pas en dire autant de la plupart des gens, hein?

Il prit Blade par le bras et l'emmena dans une autre pièce où se dressait un seul ordinateur énorme. La plupart de ses mécanismes étaient dissimulés par des plaques de métal gris, mais du plafond pendaient des milliers de fils multicolores très fins, isolés ou par groupes, qui disparaissaient par de petits hublots dans les entrailles du monstre.

Blade suivit le bossu dans un labyrinthe d'étroites travées et ils atteignirent ce qu'il jugea être le cœur de la machine. Il y avait là un petit espace dégagé recouvert d'un tapis de sol caoutchouté. Au centre de ce quadrilatère se trouvait une cage de verre un peu plus grande qu'une cabine téléphonique et à l'intérieur quelque chose qui, au regard maintenant très méfiant de Blade, ressemblait à s'y méprendre à une chaise électrique.

Lord Leighton vit son expression et gloussa.

— Ne vous alarmez pas, Mr Blade. Ce n'est pas ce que vous pensez. Mais la, euh, l'installation sied parfaitement à notre propos. Maintenant, nous allons bien vous huiler. Il y a eu de très légères brûlures, dans le passé. Peu de chose, mais irritantes. Avec cette graisse, vous ne risquerez rien.

Il prit un petit pot sur une étagère et entreprit d'appliquer sur la peau nue de Blade une substance visqueuse et sombre. Blade renifla. Ça sentait le goudron. Leighton lui en mit aux tempes, à la nuque, sur le torse, les cuisses et même sur chacun de ses gros orteils.

— Voilà, dit-il enfin. S'il vous plaît, Mr Blade. Entrez dans la cage et asseyez-vous sur la chaise. Je vais fixer les électrodes.

Blade obéit. L'intérieur de la cage de verre était plein de fils portant tous à leur extrémité une petite plaque ronde brillante.

Lord Leighton commença à fixer adroitement sur la peau de Blade les électrodes, avec du sparadrap. Lorsqu'il en vint aux tempes, Blade se décida. Il y avait plusieurs minutes qu'il hésitait, mais maintenant il parla :

— Avant d'aller plus loin, monsieur, je crois avoir le droit de savoir de quoi il s'agit. C'est de mon corps que vous vous servez, après tout. Qu'essayez-vous de faire, au juste?

Le petit savant fixa le dernier disque et recula. Il donna une petite tape sur l'épaule bronzée de son cobaye.

— Naturellement, Mr Blade. Il faut m'excuser. Tout cela me passionne tellement que j'oublie la courtoisie la plus élémentaire. Vous avez parfaitement le droit de savoir ce que nous faisons. Vous remarquerez que je dis « nous faisons » et non pas « nous essayons », parce que je suis certain que cette fois ça va marcher. Tout à fait certain. Nous avons eu de bonnes réussites avec des singes et quelques succès avec des hommes, mais dans ce dernier cas nous n'utilisions pas des cerveaux bien remarquables. D'où nos difficultés, j'en suis sûr. Vous comprenez donc pourquoi nous devions trouver le meilleur cerveau d'Angleterre, ou du moins ce que nos ordinateurs nous ont affirmé être le meilleur, et ils se trompent rarement, donc...

Richard Blade commençait à s'irriter et ne chercha pas à le dissimuler. Il interrompit sèchement :

— Sir! Je ne suis pas un savant. Jusqu'ici, tout cela est du chinois pour moi. Je veux bien servir de cobaye, si ça peut vous rendre service, mais je tiens à savoir ce qui se passe, et qu'on me le dise dans un langage que je sois capable de comprendre.

Il fit mine de se lever. Même s'il l'avait réellement voulu, il aurait eu du mal car à présent il était tout enguirlandé de fils et couvert d'électrodes. Néanmoins, Leighton le repoussa et le força à se rasseoir.

— Mon cher Mr Blade! Je suis navré. Je vais tout vous expliquer. Tout. Mais vous ne devez pas vous agiter. Je vous en prie. Cela pourrait être fatal à notre expérience. Avant tout, votre cerveau doit être calme et réceptif.

Blade réprima un sourire. C'était Leighton qui s'agitait. Très énervé, le petit savant tournait autour de la cage de verre, en prenant soin de ne pas se prendre les pieds dans les fils.

— Eh bien? demanda Blade.

— Je vais essayer. Écoutez-moi attentivement.

Leighton fit un grand geste du bras, pour désigner l'ordinateur géant qui se dressait comme une monstrueuse bête grise et silencieuse.

— C'est l'ordinateur le plus perfectionné du monde, Mr Blade. J'ai passé toute ma vie à le mettre au point. J'ai mis une année entière à le programmer. Aujourd'hui, il est prêt, Mr Blade, programmé par une foule de choses hautement spécialisées. Des éléments ésotériques et sophistiqués, sous forme de symboles et de mots, et même avec le cerveau que vous avez, vous ne pourriez pas les comprendre. Cet appareil, Mr Blade, est capable de résoudre des problèmes et d'utiliser un savoir que moi-même je ne possède pas! commencez-vous à saisir?

Blade comprenait. Il lui semblait que des siècles s'étaient passés depuis qu'il avait lu le *Times* au petit déjeuner. *Une interaction directe entre un ordinateur et un cerveau humain.*

Blade avait parlé tout haut. Lord Leighton ne parut pas surpris mais plutôt ravi. Il frappa l'une contre l'autre ses mains noueuses.

— Précisément, Mr Blade! Exactement. Je vois que vous avez lu les journaux. Je dois avouer que j'ai un peu menti sur les dates. Je crois avoir parlé de 1990? Oui. C'est faux, mais je suis sûr que vous comprenez. *Ils* procèdent aux mêmes expériences, et plus ils sous-estimeront nos progrès, mieux cela vaudra.

Blade se retrouvait en terrain familier.

— Donc, dit-il, si cette expérience réussit, je possèderai une somme de connaissances fantastique, que je n'aurais pas eu de mal à obtenir? Que je n'aurai pas eu à *apprendre?* C'est bien ça?

— Précisément. Vous saurez, et vous pourrez utiliser ce que mes collègues et moi avons mis une vie entière à étudier. La machine vous le communiquera en quelques minutes. Ce n'est qu'un appareil, et il ne pourra vous communiquer que ce qui a été programmé, mais néanmoins vous deviendrez d'un instant à l'autre un génie, Mr Blade. Le génie instantané! Et maintenant, si vous voulez bien...

— Mais, protesta Blade, sentant le piège, je ne serai plus le même homme! Je ne serai plus *moi*. Et je ne crois pas avoir envie de devenir un génie. Je me trouve très bien comme je suis.

Lord Leighton leva une main.

— Réfléchissez, Mr Blade. Réfléchissez bien avant de dire non, pensez à votre pays, à l'état dans lequel il a sombré. Je suis un génie, Mr Blade, mais je suis seul et ne puis faire grand-chose. Mais si cette expérience réussit, nous pourrons produire des génies par dizaines, par centaines, et l'Angleterre retrouvera la place qui lui revient. Sans armées, sans marine. Sans supériorité économique. Nous pourrons être les maîtres du monde par notre seul génie. Pouvez-vous refuser, Mr Blade? Le pouvez-vous?

Blade comprit soudain qu'il n'avait pas le choix. Leighton venait d'appuyer sur un bouton. Il entendit un sourd bourdonnement, sentit de petites décharges électriques parcourir son corps et ses artères.

Maintenant, Blade ne pouvait plus bouger. Il fit un effort de volonté pour remuer les jambes mais elles ne réagirent pas. Ses mains et ses bras non plus. Il n'éprouvait pas de douleur mais le courant le maintenait assis comme si une main géante l'immobilisait, une main tangible mais sans aucun poids. Il était rigide, figé, lié à la chaise par d'invisibles chaînes d'électricité.

Sa vue se brouilla. Sa tête se mit à gonfler comme un ballon. Le corps difforme de Lord Leighton se changea en une boule de couleur, de flamme, un tourbillon de brume qui s'estompa et disparut. Le verre qui l'encerclait se transforma en eau et ruissela sur lui mais il ne se sentit pas mouillé. Les fils électriques devenaient des serpents, le mordaient avec leurs petits crochets luisants mais leurs morsures ne faisaient pas couler de sang, ne causaient aucune douleur.

Puis ce fut un rugissement dans ses oreilles. Il était libre à présent, il n'était plus sur la chaise, il planait dans le ciel, et roulait et plongeait dans une totale liberté, comme il n'en avait jamais connu. Il était un esprit désincarné. Il vivait, et pourtant il n'existait plus ; il était gigantesque et minuscule, il était une fourmi et une planète.

L'orage, à présent. Un mélange de ténèbres et de lumière. Il s'y précipita à des milliards de kilomètres-seconde, dans un terrifiant maelstrom de nuages. Des éclairs l'entourèrent. De plus en plus proches. Il connut le froid et la peur et hurla tandis que la foudre le frappait.

Son cerveau explosa. La douleur devint intolérable. Jamais il n'avait autant souffert, jamais plus il n'éprouverait une telle souffrance. Toutes les douleurs du monde depuis la nuit des temps se déversaient sous son crâne.

La douleur se calma. Blade, feuille sèche, bribe de poussière, trace d'humidité, s'éleva en tremblant dans le néant.

CHAPITRE II

Richard Blade reprit ses sens dans un étrange monde crépusculaire; il n'ouvrit pas tout de suite les yeux mais resta immobile, laissant une myriade d'impulsions frapper son cerveau.

Il était allongé sur une herbe drue. Des insectes bourdonnaient et, au loin, une meute aboyait. Tout près, un ruisseau chantait. Il devinait malgré ses paupières closes la roue flamboyante, l'oriflamme brûlant d'un soleil qui se couchait. Et puis une ombre passa, une intrusion mouvante, et...

Une douche froide. Blade, surpris par l'eau glacée, se redressa en marmonnant un juron.

— Voilà, déclara la fille. Ça va mieux. Je savais bien que vous n'étiez pas mort. Maintenant vous devez m'aider. Immédiatement. Je vous l'ordonne, moi, la princesse Taleen.

Blade s'assit, s'essuya les yeux, et la regarda. Spontanément — c'était un trait de caractère qui lui avait bien souvent sauvé la vie — il accepta, immédiatement et sans se poser de questions, la réalité de la situation. Pas un instant il ne se crut fou. L'expérience de Lord Leighton avait mal tourné.

Ce n'était pas plus compliqué. Pour le reste, on verrait plus tard.

— Dépêchez-vous! cria impatiemment la fille. Et ne me regardez pas comme ça, avec des yeux ronds de paysan stupide! Ils se rapprochent. S'ils nous trouvent, ils nous tueront. Je les obligerai à nous tuer! Je ne redeviendrai pas la prisonnière de la reine Beata. Jamais. Je préfère mourir!

Blade se leva, soudain conscient de sa nudité. La serviette lui servant de pagne avait disparu. Pendant quelques secondes, la fille l'examina et il vit de l'approbation dans ses yeux, puis elle haussa les épaules et lui tendit un glaive à lame courte tachée de sang.

— Tenez. Prenez-le. J'ai dû tuer un de mes gardiens pour m'enfuir. C'était la première fois que je tuais un homme et je n'ai pas aimé ça. Mais vous avez l'air d'un guerrier et vous saurez vous en servir. Écoutez... Ils viennent par ici et ils se rapprochent.

Elle disait vrai. Blade, la lourde épée dans sa main droite, entendait les aboiements des chiens, et des hommes qui se hélaient du côté du couchant. Le soleil plongeait déjà derrière des collines verdoyantes. Ils se trouvaient tous deux dans une petite clairière traversée par un ruisseau, entourée de profonds bois de chênes et de bouleaux.

Blade était chasseur, il avait souvent été traqué, et savait qu'ils avaient encore un peu de temps. Les voix devaient être encore à plus de cinq cents mètres. Il regarda la fille, conscient de sa nudité qui ne semblait pas du tout la gêner, et demanda :

— Vous êtes la princesse Taleen?

Elle avait des yeux sombres mais lumineux, et il

se dit qu'à tout autre moment ils devaient être doux et limpides comme ceux d'une biche, mais pour l'instant ils avaient presque des reflets d'acier. Elle redressa la tête, et rétorqua avec arrogance :

— Vous en doutez?

Sans trop savoir pourquoi, Blade s'inclina et leva l'épée comme pour un salut.

— Pas le moins du monde. Mais je ne comprends pas. Je suis étranger dans ces parages.

Elle hésita, le toisa et finit par murmurer :

— Oui, je veux bien le croire. Vous ne ressemblez à aucun homme d'Alb. Malgré tout, vous devez m'obéir. Je suis vraiment la princesse Taleen, la fille du roi Voth du Pays du Nord. Je cours un grand danger. Si vous m'aidez, je vous ferai bien récompenser. Mon père paiera bien des scills pour retrouver sa fille. Alors cessez de me dévisager comme ça, et faites quelque chose!

Elle était grande, et d'une rare beauté. Ses cheveux roux sombre tombaient jusqu'à sa taille, retenus par un bandeau d'or. Elle portait une robe de fine toile brune brodée de pierreries qui moulait son corps svelte et dissimulait mal de petits seins pointus. Une chaîne de bronze encerclait sa taille menue, et une corne montée sur or y était accrochée, qui devait lui servir à boire et avec laquelle elle avait aspergé Blade. La tunique découvrait des genoux potelés. Elle était chaussée de sandales de cuir souple dont les courroies se croisaient sur ses mollets fuselés.

Blade sourit, ses dents scintillant dans sa figure mangée par un début de barbe.

— Je vous obéis, princesse Taleen. Je suis votre serviteur. Mais que voulez-vous que je fasse au juste? Il n'y a pas encore de danger... Ils sont à dix minutes encore, ajouta-t-il après avoir tendu l'oreille.

Elle planta ses poings sur ses hanches et le considéra d'un air exaspéré. Puis elle le toisa, détaillant les larges épaules, le torse puissant, les hanches étroites, la taille fine; son regard s'adoucit et ce fut sur un autre ton qu'elle déclara :

— Une chose est certaine, vous n'êtes pas un serf! Un noble, peut-être, un aristocrate d'un pays lointain. Votre nom!

De nouveau, le ton impérieux.

— Blade. Richard Blade. Et, oui, je suis d'un pays très lointain.

— Blade? Ri-chard Blade? Par Frigga, quel nom bizarre. J'ai du mal à le prononcer. Mais nous verrons cela plus tard. Pour l'instant, je vous ordonne de m'escorter jusqu'à la ville de mon cousin le roi Lycanto. Elle s'appelle Sarum Vil et ne devrait pas être loin d'ici. Mon cousin nous protègera et nous hébergera pour la nuit.

Blade sourit.

— Pas loin d'ici? Mais vous ne savez pas très bien où?

— Je... Eh bien, pas précisément, mais je suis sûre que nous la trouverons. Il y a un sentier...

— Si nous trouvons le sentier. Autrement dit, vous êtes perdue, princesse.

Avant qu'elle puisse répondre un grand chien bondit d'un fourré. Les yeux rouges et luisants, le poil hérissé, un grondement de tonnerre dans la gorge, l'énorme molosse dressé à tuer se rua sur eux.

Blade se plaça vivement devant la fille, tout en arrachant de sa ceinture la corne à boire.

— Restez derrière moi ! Ne bougez pas.

L'animal, un curieux croisement de mastiff et de lévrier irlandais, quitta le sol à trois mètres de Blade. Les longs crocs brillèrent cruellement dans le crépuscule. Blade ramena en arrière son bras armé de l'épée, tenant devant lui de la main gauche la corne à boire.

Quand le chien s'écrasa contre lui avec un impact furieux, il enfonça la corne dans la gueule béante et, pivotant légèrement, il plongea l'épée dans le ventre de la bête. Il sentit la garde heurter les côtes. Le chien s'écroula, agité de spasmes. Blade l'acheva d'un violent coup d'épée en pleine gorge.

Il enfonça la lame dans la terre pour la nettoyer et se retourna vers la fille. Les pupilles dilatées, une main à sa bouche, elle semblait approuver son geste mais elle observa simplement :

— Un superbe animal. Dommage de le tuer.

Levant une main, il la fit taire. La nuit était tombée brusquement et les voix, les aboiements de la meute se rapprochaient. A l'ouest, Blade entrevit la lueur rougeoyante d'une torche. Puis une autre, et encore une. Les flambeaux écarlates dessinaient un vaste croissant qui se refermait sur eux. A l'ouest la retraite leur était déjà coupée, elle ne tarderait pas à l'être au nord et au sud. Il ne restait que l'est, le long du ruisseau. Blade saisit la main de la fille.

— Venez, princesse. Il va falloir courir.

L'eau était glacée et si le ruisseau n'était guère profond les innombrables rochers, les pierres, les branches mortes gênaient leur progression. Une brume humide commença à monter de l'eau cascadante. Blade sentit la morsure du froid. Il serra les dents mais ne put s'empêcher de grelotter.

La fille frissonnait aussi et elle avait du mal à suivre l'allure qu'imposait Blade. Haletante, elle serait tombée plusieurs fois s'il ne l'avait soutenue. Finalement, elle buta contre une pierre et s'écroula contre lui. Elle resta un long moment entre ses bras, se cramponnant à ses épaules, et il sentit la tiédeur de son corps sous la toile fine; il respirait aussi un parfum vaguement familier, dont le nom lui échappait.

Ah oui, pensa-t-il, du chypre. Mais ses idées se brouillaient. Il fit un effort pour se ressaisir, de la sueur perla à son front malgré le froid, et il tenta de rassembler ses souvenirs... Lord? Lord Leighton! C'est ça. Et son chef? J. Oui, J, il en était sûr. Londres? Le M16A? Oui... oui... Et puis de nouveau tout se brouilla et il ne fut plus certain de rien.

Il comprit soudain. Les souvenirs du passé lui échappaient. Lentement, mais inexorablement, il perdait la mémoire.

La fille poussa un cri. Blade, oubliant sa présence, l'avait machinalement serrée à l'étouffer. Il la lâcha.

— Excusez-moi, princesse. Je réfléchissais et j'ai oublié où j'étais. Je ne voulais pas vous faire de mal.

— Vous n'êtes qu'une brute, Richard Blade, répliqua-t-elle avec colère, mais elle ne s'écarta pas.

A l'est, au-dessus des arbres, il distingua la lueur pâle de la lune qui se levait. Il se retourna. Le brouillard, plus épais, planait comme des miasmes visibles au-dessus de l'eau et s'effilochait parmi les troncs. Tout était silencieux; plus de torches, ni de voix, ni de chiens furieux. Leurs poursuivants semblaient avoir abandonné leur chasse pour la nuit.

Blade soutint la fille jusqu'à la berge où ils trouvèrent une petite enclave herbue qui, si elle n'était guère abritée, valait mieux que le ruisseau. Ils s'y assirent et la fille revint se nicher dans ses bras, non sans avoir averti de sa voix hautaine :

— J'ai froid, Blade. Je recherche seulement la chaleur de votre grand corps d'ours. Vous le comprenez?

Elle ne put le voir sourire.

— Je comprends, répondit-il gravement. Après tout, vous êtes une princesse et je ne suis qu'un pauvre étranger qui ne possède même pas de chemise. Que pourrais-je espérer? N'ayez crainte, princesse, je saurai rester à ma place.

La tentation était forte, cependant. Elle était trempée et le froid avait durci ses mamelons. Le tissu mouillé révélait ses seins écrasés contre la poitrine nue de Blade. Il sentait instinctivement que, même si elle protestait et se débattait un peu, elle serait ravie de lui céder. S'il voulait bien la prendre.

Il ne le voulut pas. Ils avaient des problèmes plus immédiats. Ils étaient perdus, traqués, il mourait de faim...

Soudain, elle s'écarta un peu de lui et chercha à voir son expression dans l'obscurité.

— Je crois que vous vous moquez de moi, Blade, dit-elle sèchement. Je suis princesse, oui, mais je n'aime pas le ton sur lequel vous prononcez ce mot.

— Encore une fois, pardon, princesse. Mais je ne puis guère changer ma voix.

— Si vraiment vous vous moquez, Blade, je vous ferai fouetter quand nous arriverons à Sarum Vil!

Les dents de Blade brillèrent dans l'ombre, comme la lame de l'épée qu'il levait.

— Je ne le pense pas, princesse. Pas tant que je serai armé et capable de me défendre. Si vous voulez me faire fouetter il y aura du sang, peut-être le mien mais sûrement celui de vos amis. D'ailleurs, je ne me moque pas de vous.

Taleen le considéra et finit par sourire.

— Très bien. Nous sommes de nouveau amis. Vous pouvez me serrer dans vos bras. Je suis gelée.

Mais à ce moment, ils perçurent tous deux un son, un chant provenant des profondeurs de la forêt à l'est. Taleen sursauta et fit un geste curieux, passant une main en travers de ses seins.

— Que Frigga nous protège! Ce sont les Drus, qui se réunissent ce soir dans la clairière sacrée. Et maintenant je sais où nous sommes. Venez. Nous allons les contourner et nous trouverons le chemin de Sarum Vil.

Elle tendit une main à Blade. Il cherchait à percer les fourrés du regard, à localiser le chant. Il finit par distinguer par intermittence le rougeoiement d'un brasier entre les troncs massifs des géants de la forêt. Il éprouva une sensation étrange, un malaise et une singulière excitation, une réaction atavique aux chants et au feu qu'il ne pouvait s'expliquer. Il savait simplement qu'il voulait voir, et comprendre, ce qui se passait.

Mais quand il le dit à Taleen elle eut un mouvement de recul horrifié, et le regarda comme s'il était soudain devenu fou furieux.

— Non! Non! Il est interdit d'espionner les Drus. Formellement interdit de troubler les Mystères. Si nous sommes pris, nous serons tués, sacrifiés au Dieu des Arbres. C'est ce qui se passe en ce moment, on prépare un sacrifice. Si nous sommes surpris, on nous coupera la tête, les mains et les pieds, on nous videra comme des lapins et on nous fera rôtir à la broche. Et puis on nous mangera! Non, Blade. Nous devons faire un grand tour, avec beaucoup de prudence, car les Drus auront posté des sentinelles.

Tout cela ne fit qu'aiguiser la curiosité de Blade. Il reprit Taleen dans ses bras, lui caressa la tête et la sentit trembler, mais le froid n'était plus en cause. Il lui parla tout bas, car ce qu'elle avait dit des sentinelles pouvait être vrai.

— Vous avez vu cela de vos propres yeux? Les sacrifices humains? Vous avez vu ces Drus manger leurs victimes?

Taleen secoua la tête.

— Non, je ne l'ai pas vu. Je n'oserais jamais. Je n'ai pas envie de mourir. Mais je l'ai entendu raconter, comme tout le monde en Alb, et c'est vrai. La puissance des Drus est infinie. Tout le monde le sait et le comprend, Blade. Vous êtes étranger, votre ignorance est pardonnable, mais il faut me croire.

Il pensa que si ces Drus étaient aussi puissants, ils devaient être des ennemis possibles. Blade avait survécu aussi longtemps en suivant le précepte « connais ton ennemi »! Il ne savait pas combien de temps durerait son séjour forcé en Alb, ni si ses souvenirs d'une autre vie le soutiendraient encore longtemps pour lui donner un avantage. Il jugea donc plus sage de prévoir l'avenir et de s'armer de son mieux. Il répliqua avec fermeté :

— Je vais aller voir, princesse Taleen. Je ne risque pas grand-chose car je suis chez moi dans les bois et les fourrés. Vous n'avez pas besoin de m'accompagner. Restez là. Je reviendrai vous chercher.

Elle poussa un soupir résigné, alors qu'il s'était attendu à sa colère.

— Vous êtes vraiment idiot. Jamais vous ne sauriez me retrouver. Non, je vais aller avec vous. Seulement tâchez de vous rappeler mon avertissement quand on vous coupera la tête.

— D'accord, mais suivez-moi de près et prenez garde de ne pas marcher sur des branches mortes. Je veux simplement jeter un coup d'œil à ces Drus, c'est tout. Ensuite, nous trouverons votre sentier et nous irons chez votre cousin.

Toute sa vie, Blade avait été chasseur, d'abord d'animaux puis d'hommes, et ce fut sans hésitation qu'il s'engagea dans la forêt. Elle n'était pas aussi dense qu'elle le paraissait et le clair de lune guidait ses pas, qu'un épais tapis de mousse étouffait. Il allait de l'avant, s'arrêtant de temps pour permettre à la jeune princesse de le rattraper. A un moment donné, il dut revenir en arrière pour la dégager d'un buisson épineux auquel sa robe s'était accrochée. Elle portait une longue estafilade à l'intérieur de la cuisse. Il déchira un lambeau de toile pour éponger le sang et la sentit trembler. Il était lui-même couvert d'égratignures.

Ils restèrent quelques instants près des ronces, silencieux et immobiles. Le chant semblait tout proche, à présent, une litanie aiguë qui avait quelque chose de menaçant. Le feu, qui devait être immense, flamboyait entre les arbres comme un phare redoutable.

— Qui va là? Qui ose profaner les Mystères, envahir la clairière sacrée? Parlez!

L'interpellation, prononcée d'une voix basse et sans timbre, asexuée, fut plus effrayante que si elle avait été glapie. Taleen poussa un cri et se cramponna à Blade. Il la repoussa, lui chuchota de ne pas bouger et avança vers l'arbre d'où provenait la voix. Il distingua dans l'ombre quelque chose de blanc et sa main se crispa sur la poignée de l'épée. La voix reprit, sèche et ferme :

— Arrêtez! N'approchez pas. Quiconque me désobéit encourra la malédiction de tous les dieux de tous les temps! Il connaîtra les ténèbres éternelles et ne jouira jamais de la paix. Arrêtez! Je l'ordonne au nom des Drus d'Alb!

C'était vraiment une épouvantable malédiction. Blade ne s'arrêta pas. La voix, soudain aiguë et terrifiée, émit un grand cri et la chose blanche contourna le tronc d'arbre pour venir l'affronter.

— Meurs donc! Toi qui n'écoutes pas la voix de la sagesse! Meurs!

L'envol d'une longue robe blanche au clair de lune, le scintillement d'une dague d'or. Des yeux creux à l'expression fanatique luisaient dans l'ombre d'un capuchon.

— Meurs donc! Meurs... Meurs!

Blade para le coup de dague et, d'un violent revers du glaive, il frappa son assaillant à la gorge.

Du sang jaillit, brillant au clair de lune, inondant la robe blanche. Le Dru tomba à genoux, regardant avec stupéfaction ses mains ensanglantées tandis qu'un son inhumain gargouillait dans sa gorge tranchée. Blade, craignant que le Dru réussisse à donner l'alerte, frappa de nouveau, sous l'oreille. Presque décapité, le Dru s'écroula et ne bougea plus.

Blade se pencha pour rabattre le capuchon, curieux de voir à quoi ressemblaient ces Drus.

La tête était longue, tondue, hérissée de poils gris. J'ai tué un vieillard, pensa-t-il. C'était regrettable mais après tout l'homme avait attaqué le premier. La dague d'or brillait à ses pieds, et Blade vit que seule la poignée était en or ; la lame, elle, était de bronze poli et suffisamment acérée pour l'avoir tué facilement si l'autre avait pu frapper.

Un vieillard ? Blade eut une hésitation. Il ne ramassa pas la dague mais déchira le devant de la robe où un cercle écarlate marquait l'emplacement du cœur. A l'intérieur du cercle, visible malgré le sang, il y avait un emblème brodé au fil d'or représentant un chêne.

Blade lâcha le lambeau de tissu et contempla des seins flasques. Une vieille femme ! Derrière lui, Taleen murmura :

— Que Frigga aie pitié de nous. Vous l'avez tuée. Vous avez assassiné une Dru ! Nous allons être maudits à jamais, tous les deux... après avoir été tués et mangés !

Blade réprima sa nausée. Il n'aimait pas tuer des femmes, même les vieilles qui cherchaient à l'abattre. Il répliqua d'une voix dure :

— Ne dites pas de sottises, princesse. Rien ne va

vous arriver. Je regrette cet incident mais ce qui est fait est fait. Pourquoi ne m'avez-vous pas dit que certains de ces Drus étaient des femmes? J'aurais été plus prudent... Notez que ça n'aurait pas changé grand-chose. Elle a voulu me tuer. Vous auriez préféré que je porte ce bijou en plein cœur?

D'un coup de pied, il écarta la dague d'or. Sans un mot, Taleen alla la ramasser et l'essuya sur une touffe d'herbe.

— J'ai besoin d'une arme, à présent, expliqua-t-elle. Si nous sommes pris, je pourrai me tuer avant que commence la torture... Allons, venez, Blade! Si nous courons maintenant, nous aurons peut-être une chance. Mais dépêchez-vous! Il doit y avoir d'autres sentinelles.

Blade repoussa la main qu'elle lui tendait. Sombre, la mâchoire crispée, il contemplait le cadavre. J aurait reconnu cette expression, et l'aurait acceptée avec résignation.

— Je suis venu jusqu'ici, princesse, et je dois continuer. Je veux connaître ces Drus et leurs Mystères. Et vous n'avez pas répondu à ma question. Combien d'entre eux sont des femmes?

— Tous. Je ne vous l'ai pas signalé parce que je ne pensais pas que c'était important. Non seulement vous êtes étranger, Blade, mais vous êtes étrange. Comment aurais-je pu me douter que vous seriez assez fou pour aller espionner les Drus? En Alb, personne ne serait aussi insensé! Mais j'oublie toujours que vous n'êtes pas d'Alb.

— Vous dites que les Drus sont toutes des femmes? Il n'y a pas d'hommes du tout? C'est un ordre de prêtresses, alors?

Dans ce cas, pensa-t-il, elles n'étaient pas si

redoutables; il devrait pouvoir maîtriser une bande de femmes, toutes vieilles probablement, qui se promenaient en robe blanche et chantaient des psaumes bizarres. Et cependant... il jeta un coup d'œil à la dague que Taleen avait glissée dans sa ceinture... Cette vieille-là s'était ruée sur lui sans hésitation.

Sans se retourner, sans écouter les prières ni les menaces de Taleen, Blade avança, comme attiré par l'œil rouge du brasier. Bientôt, il entendit la fille trébucher contre une racine et invoquer de nouveau Frigga, mais cela ressemblait plus à un juron qu'à une prière. Quand il se jeta à plat ventre dans un fourré, le feu et les Drus sous les yeux, elle s'allongea à côté de lui. Résignée sans doute, sa colère apaisée, elle chuchota à son oreille et de nouveau il respira le parfum de chypre.

— Vous voyez celle qui se tient à l'écart, qui ne chante pas et ne danse pas, celle qui tient la grande épée dorée?

Blade hocha la tête. Il y avait là une cinquantaine de Drus en longue robe blanche, le capuchon rabattu sur la figure, dansant lentement autour du grand feu en frappant dans leurs mains, sur un rythme solennel. La Dru que Taleen avait désignée se tenait sur le côté, svelte et droite comme un bouleau, la figure cachée par le capuchon, les deux mains croisées sur la poignée de l'épée dorée, si longue que, la pointe étant fichée en terre, la garde lui arrivait à la taille ceinte d'une cordelière écarlate.

— C'est Nubis, souffla Taleen, la Grande Prêtresse. Mon cousin Lycanto en a une peur horrible. Moi aussi. Et vous en auriez peur aussi si vous n'étiez pas si stupide. Regardez plus loin, Blade, dans l'ombre au-delà des danseuses, et dites-moi si je vous ai menti!

Blade regarda et ce qu'il vit lui fit froid dans le dos. Une jeune femme nue, ligotée et bâillonnée, gisait sur une claie grossière à laquelle étaient fixées des courroies de cuir. Ce n'était pas une jolie fille, elle était trop grosse, mafflue, avec des jambes épaisses et la peau blême d'une paysanne. Blade la vit rouler des yeux terrifiés et il éprouva une vague pitié. Ce sentiment ne lui était pas habituel et il se dit qu'il avait probablement tort. Il ne croyait toujours pas aux folles histoires de Taleen.

Le chant se tut brusquement. Les danseuses se dispersèrent et se mirent à courir en tous sens, dans une confusion apparente, mais bientôt Blade distingua un schéma. Il se mit à transpirer malgré la froidure de la nuit.

Les Drus étaient bien disciplinées et travaillaient en parfaite harmonie. Des bâtons fourchus furent enfoncés dans la terre de part et d'autre du feu et une longue broche de bronze posée en travers des braises. Une des Drus apporta plusieurs sacs de charbon de bois qu'elle disposa avec soin avant d'attiser les flammes.

— Voyez, chuchota Taleen. Là-bas. La grande souche de chêne. J'en ai entendu parler. On l'appelle le Chêne Roi.

La Grande Prêtresse, armée de l'épée dorée, s'avançait vers la souche, un tronc coupé formant une table massive de plus de deux mètres de diamètre avec un plateau de pierre taché de sombre.

Quatre Drus saisirent les courroies de la claie et la traînèrent vers la souche. Blade vit la bouche de la fille remuer sous le bâillon tandis qu'elle tentait de crier. Il serra la poignée de son épée. De la sueur lui coulait dans les yeux. C'était fou, impossible, dément, mais il aurait pour lui l'élément de surprise, il pourrait sans doute...

Les ongles de la princesse Taleen s'enfoncèrent dans son bras nu. Elle avait deviné ses pensées.

— Non, Blade! N'y songez même pas. Ne vous imaginez pas que, parce que ce sont des femmes, ce sera facile. Ce sont des monstres, et elles se battent comme des hommes. Même si vous pouviez sauver la fille, même si nous nous échappions, nous ne serions pas hors de leur portée. Elles iraient voir Lycanto pour exiger qu'il nous livre. Et il le ferait. Elles le terrifient. Ou bien il nous chasserait de Sarum Vil et nous serions sans abri, sans nourriture, sans protection. Écoutez-moi, Blade! Pour une fois, soyez raisonnable!

Il contraignit ses muscles puissants à se détendre. Pendant un instant, il avait été sur le point... mais cette fois Taleen avait raison. S'il voulait survivre en Alb, et c'était bien son intention, alors il devait étouffer la rage, le choc, la nausée. Richard Blade était dur comme de la roche, mais l'on dit que même les pierres peuvent pleurer.

Il observa donc, et fit un immense effort pour ne pas vomir. Il remarqua que la jeune barbare à côté de lui ne semblait pas écœurée. Elle ne s'inquiétait que de sa propre sécurité.

Dans la clairière, les choses allaient vite. La prisonnière fut jetée sans ménagement sur la souche de chêne recouverte de pierre. Affolée, elle se contorsionna, roula sur elle-même, mais les Drus la repoussèrent au centre de la pierre plate.

— Par la mère de Frigga! souffla Taleen, je crois reconnaître cette fille. Oui, je suis sûre que c'est une des servantes de Lycanto. Et plus qu'une servante si l'on en croit les ragots. Frigga me garde, mais il se passe des choses que je comprends mal.

Les Drus s'étaient prises par la main et formaient une ronde lente autour de la souche, en chantant leur mélopée. Leur cercle se rompit pour laisser passer la Grande Prêtresse. Tenant la longue épée dorée à deux mains, elle s'approcha de la souche d'un pas solennel. Fasciné, Blade la suivait des yeux.

D'un bond agile, elle sauta sur la souche. Le mouvement avait été gracieux, souple, pas du tout celui d'une vieille femme. Le capuchon glissa, révélant son visage, et Blade retint sa respiration. A côté de lui, Taleen murmura :

— Par les seins de Frigga, ce n'est pas Nubis. Je ne connais pas cette femme!

La Grande Prêtresse ne prit pas la peine de rabattre le capuchon. Elle renversa la tête en arrière, leva la lourde épée à deux mains, la braqua vers le ciel noir comme pour implorer une bénédiction et entonna tout bas une prière.

Blade eut l'impression que l'épée d'or avait été plongée dans son propre cœur. Jamais il n'avait vu de créature semblable à cette femme. Elle était d'une beauté irréelle, magique, couronnée de cheveux d'argent, la figure, un ovale parfait, la peau crémeuse, la bouche charnue, humide et tendre, d'un rouge éclatant, les yeux très écartés. Elle abaissa l'épée et contempla la malheureuse victime.

Taleen avait raison, pensa Blade. Il n'était qu'un imbécile. Sinon il n'aurait pas pensé ce qu'il pensait à présent, qu'une femme aussi ravissante ne pouvait être une meurtrière. Fou, en vérité. Il n'était pas né d'hier. Il conservait suffisamment de mémoire pour se souvenir de ce qu'avait été son ancien univers, et rien n'était changé en Alb, bien au contraire.

Et pourtant il refusait d'y croire, il le refusa jusqu'à ce qu'il voie l'acte se commettre sous ses yeux.

La Grande Prêtresse leva de nouveau l'épée au-dessus de la fille terrifiée. Elle la tenait toujours à deux mains, la pointe en bas, et elle souriait aux Drus. Le silence était total maintenant; on n'entendait que les gémissements étouffés de la victime. La Grande Prêtresse sourit plus largement; ses dents de nacre scintillèrent. Et puis l'épée retomba avec une violence inouïe en transperçant la cœur de la fille; la pointe grinça contre la pierre de la souche. La victime nue, empalée, se tordit dans les spasmes de l'agonie. Un flot de sang recouvrit les seins lourds et ruissela sur la pierre. Puis elle ne bougea plus.

Pendant quelques instants la Grande Prêtresse resta debout, tête baissée, les bras aux côtés, l'air épuisé. Elle vacilla et Blade crut qu'elle allait tomber mais elle se redressa et regarda autour d'elle. Ses yeux glissèrent sur le cercle silencieux des Drus et s'attardèrent longuement sur le fourré où Blade et Taleen étaient tapis. Il ne put distinguer leur couleur, et il était impossible qu'elle eût deviné leur présence, mais il sentit l'intensité de ce regard et un frisson lui parcourut le dos.

Elle remonta son capuchon, ressembla de nouveau à une vieille femme assez leste, et sauta de la souche. Sans un mot, sans un geste, elle s'éloigna du groupe des Drus et disparut sous les arbres à l'autre extrémité de la clairirère.

Le reste fut une simple boucherie. Blade sentit revenir ses nausées tandis qu'il regardait en écoutant le chuchotement triomphant de la princesse.

— Alors je mentais? Je suis une idiote crédule? J'écoute et je répète des sornettes? C'est un mensonge, que les Drus mangent de la chair humaine? Alors dites-moi un peu pourquoi elles sont en train de vider cette pauvre esclave comme un chapon?

A présent, elles farcissaient le corps de petits bouquets d'herbes aromatiques. Blade en avait assez vu. Il n'avait pas la moindre intention de s'attarder pour les voir mettre ce corps à la broche et le placer sur les charbons ardents. Il était grand temps de partir. Taleen était du même avis, mais inspirée par un autre souci, celui de sauver sa propre peau bronzée.

— Au nom de Frigga, Blade, partons! Nous avons eu de la chance, mais ça ne peut pas durer éternellement. Par je ne sais quel miracle nous sommes encore en vie, personne ne nous a vus et personne ne nous dénoncera. Si nous partons tout de suite, il est possible...

Elle fut interrompue par un grand cri. Puis un autre, suivi de gémissements et de lamentations.

Une Dru apparut, portant le corps de la sentinelle que Blade avait tuée. Elle s'immobilisa et entonna une litanie funèbre; sa robe blanche était aussi écarlate que celle de la prêtresse morte. Les Drus se précipitèrent en gémissant, en s'interpellant. Blade se tourna vers l'endroit où la Grande Prêtresse avait disparu. Elle ne revint pas et il se dit qu'elle était partie. Peut-être, pensa-t-il amèrement, n'aimait-elle pas le goût de la chair humaine.

Taleen gémissait aussi.

— Que Frigga nous garde à présent! Elles ont trouvé la morte! Nous allons être maudits à jamais, même si elles ne nous tuent pas! Je vous l'avais dit, Blade. Je vous ai averti. Je...

Blade plaqua sa grande main sur sa bouche.

— Taisez-vous, princesse. Pas un bruit! Reculez lentement, en rampant en silence, et puis suivez-moi. Il est temps de fuir. Mais attention... pas de bruit...

CHAPITRE III

Taleen découvrit son sentier au moment où la lune se couchait. Il était étroit, pavé de petits cailloux et de silex pointus et profondément encaissé. Blade, pieds nus, souffrait beaucoup mais la princesse avançait d'un bon pas.

Tout en marchant, Taleen racontait tout ce qu'elle savait des Drus, comme si l'horreur à laquelle elle venait d'assister lui avait délié la langue. Blade, sceptique de nature, était encore trop bouleversé pour ne pas l'écouter. Écouter et apprendre. Il aurait le temps plus tard de séparer la vérité de la fiction mais une chose était sûre. On ne pouvait ignorer les Drus. En Alb, elle représentaient une puissance. Elles faisaient le mal et le bien. Les Mystères — tout le savoir et l'éducation, la médecine, les arts et les métiers, surtout la magie — tout était entre les mains des Drus. Et malheur à qui tenterait d'usurper leurs prérogatives.

Blade apprit que la princesse revenait d'une école Dru sur la Mer Étroite, où elle avait passé quatre ans, quand elle avait été attaquée et capturée par les séides de la reine Beata, sœur du roi Voth du Nord, et tous deux se haïssaient.

— Elle pensait me garder captive aussi longtemps

qu'il lui plairait, raconta Taleen, pour obtenir de mon père de nombreuses concessions et une forte rançon. Il m'aime beaucoup, je suis son unique enfant. Cette garce de Beata aurait réussi si je n'avais pas eu le courage et l'intelligence de patienter et de guetter l'occasion de m'enfuir. Je me suis montrée très humble, très effrayée, et puis j'ai pleuré, j'ai dit à Beata que je mourrais de rester enfermée. A genoux — et elle me le paiera! — je l'ai suppliée de me permettre de me promener dans les bois et les champs. Je lui ai dit que sans air et sans soleil, je mourrais. Je lui ai fait observer qu'elle ne tirerait aucun profit d'une princesse morte. C'était astucieux, n'est-ce pas, Blade?

— Très astucieux, princesse. Alors vous avez guetté l'occasion et vous vous êtes emparée d'une épée et vous avez tué un de vos gardiens. Oui, très astucieux en effet. Il n'y a qu'un détail qui me déroute un peu.

Le sentier devenait plus large, moins rocailleux, et elle marchait à côté de lui. Elle lui coula un regard sournois.

— Qu'est-ce qui vous déroute, Blade?

— C'était vraiment très audacieux, très courageux de la part d'une jeune fille comme vous, de tuer un guerrier, je le reconnais, dit-il gravement. Mais comment se fait-il que vous étiez seule avec ce gardien! Il n'y en avait donc qu'un seul? D'après ce que vous me dites de cette reine Beata, elle n'est pas sotte, alors il devait y avoir d'autres gardes. Où étaient-ils?

Taleen fronça les sourcils.

— Vous posez trop de questions, Blade! En quoi cela vous regarde-t-il que...

— En rien, en rien, princesse, dit-il précipitamment. Mettons que je n'ai rien dit.

Pendant une minute ou deux ils marchèrent en silence. Puis Taleen poussa un grand soupir.

— Vous avez raison, naturellement, avoua-t-elle. Vous avez dû être un sorcier dans votre pays. Il y avait bien d'autres gardes mais j'en ai choisi un, qui me paraissait le plus faible, et je l'ai cajolé, je lui ai fait certaines promesses. Il était beau et fat, alors il m'a crue quand je lui ai fait comprendre que je le désirais. Il s'est arrangé pour m'entraîner à l'écart. Quand nous avons été seuls, j'ai subi ses étreintes mais uniquement pour me rapprocher de son épée, et puis je l'ai tué et me suis enfuie. Et je vous ai trouvé endormi au bord du ruisseau. Aussi nu que vous l'êtes à présent! Au fait, votre nudité commence à m'offenser. Vous êtes vraiment trop... trop...

Elle fit une moue et ses yeux bruns lumineux toisèrent Blade des pieds à la tête, s'attardant peut-être plus que de raison sur ses organes virils. Elle fit une grimace et se détourna en feignant le dégoût.

— Couvrez-vous, Blade! Je l'ordonne. Je ne puis plus supporter de vous voir ainsi.

Il s'inclina d'un air railleur.

— Avec joie, princesse. Dites-moi où trouver des vêtements. Peut-être pourriez-vous me tisser un pagne, là, ici même?

Le problème devait se résoudre quelques instants plus tard d'une manière imprévue. Émergeant d'un petit bois ils se trouvèrent au bord d'un champ cultivé, bordé par un mur grossier de pierres sèches, et juste au-delà de cette barrière un homme se dressait, l'épée levée. Blade bondit devant Taleen, levant sa propre épée.

— Attention! Reculez!

Elle fut la première à éclater de rire. Blade l'imita

aussitôt et pendant une minute au moins ils s'abandonnèrent au fou rire. C'était si ridicule!

Cependant, au premier abord, l'épouvantail avait paru assez humain, et l'épée de bois menaçante. Quand ils furent un peu calmés, Blade sauta la barrière et arracha à l'épouvantail une vieille culotte de toile effrangée. Elle lui allait assez bien, tout en serrant un peu trop ses cuisses musclées. Il retourna auprès de Taleen, en réfléchissant au curieux sentiment de sécurité que peut provoquer un simple vêtement.

Le ciel commençait à pâlir à l'est. Sa bonne humeur revenue, Taleen bavardait comme une pie tandis que Blade observait le paysage. Ils traversaient une vaste région cultivée aux champs entrecoupés de marécages. Quand le jour fut levé, il distingua des maisons sur pilotis au toit de chaume, bien à l'écart du chemin. Une odeur de feu de bois et de viande rôtie lui rappela sa faim. Après le spectacle de la nuit, Blade avait pensé que jamais plus il ne pourrait manger, mais son estomac protestait. Il en fit part à Taleen qui lui répondit d'être patient. La ville de Sarum Vil n'était plus bien loin. Son cousin Lycanto leur ferait servir un bon repas.

Après un bref silence, pendant lequel Blade huma une odeur iodée indiquant que la mer était proche, la princesse hasarda :

— Blade...

— Oui?

— Je crois qu'il vaut mieux que nous ne parlions pas de ce que nous avons vu cette nuit. Les Albiens sont méfiants et je vais déjà avoir bien du mal à expliquer votre présence. Je pense que nous ne devrions pas parler des Drus. Si vous êtes d'accord, nous devrions prêter serment.

Blade était tout à fait d'accord, d'autant que cela convenait à ses projets, mais sa nature le poussait à aller au fond des choses. Sans la regarder, il demanda :

— Vous connaissiez la fille qui a été tuée hier soir?

Un silence, puis :

— Je n'ai pas dit ça. Enfin, pas comme ça. Une princesse ne peux pas *connaître* une servante. Mais je l'ai reconnue. Elle faisait partie de la maison de mon cousin Lycanto. Pourquoi?

— Vous avez parlé de ragots, de choses que vous ne compreniez pas. De quoi s'agit-il? Je dois le savoir. Vous n'êtes plus en danger, mais moi si. Comment ces choses risquent-elles de m'affecter? Et comment cette malheureuse est-elle tombée entre les mains des Drus?

Elle réprima un petit cri de surprise.

— Je ne me suis pas trompée, en disant que vous étiez un sorcier dans votre pays! Votre esprit est plus aigu qu'une lame, vous allez droit au cœur des choses. Vous avez raison. C'est pour cela aussi que nous ne devons pas parler de ce que nous avons vu.

— Je suis flatté, mais perplexe aussi. Dites-moi, comment suis-je allé au fond des choses?

— Ce devrait être Alwyth, déclara la princesse. C'est la femme de Lycanto. Une mégère et une garce et je ne l'aime pas, mais c'est une bonne épouse et une bonne mère. Et mon cousin Lycanto, est, comme la plupart des hommes, un imbécile. Il est comme un coq qui s'imagine que toutes les poules lui appartiennent. Depuis des mois, cette servante était sa maîtresse. Alwyth l'a appris et a donné la fille aux Drus pour qu'elles la sacrifient. Ça, c'est très simple. Ce qui ne l'est pas, c'est ce que fera Lycanto quand il le découvrira. Mon cousin est un grand soldat, très courageux et aussi très stupide. Il a horreur des ennuis et il craint beaucoup sa femme, mais quand il saura que sa maîtresse a été tuée et mangée par les Drus, avec l'aide et le consentement d'Alwyth, Frigga seule sait ce qui arrivera. Lycanto n'attaquera pas les Drus parce qu'il a peur de leur magie, mais sa rage peut être terrible et personne ne peut dire sur qui il la passera. Sur vous, peut-être. Ou même moi.

Blade la toisa froidement.

— Vous? Vous êtes sa parente, il ne vous fera pas de mal. Mais moi, un étranger...

Elle hocha la tête d'un air singulièrement satisfait.

— Oui. Je suis heureuse que vous compreniez, Blade. Les Albiens sont un peuple cruel. Mais si nous nous taisons, et si Lycanto est de bonne humeur, j'en ferai ce que je voudrai. Je lui demanderai une escorte d'hommes d'armes, et j'insisterai pour que vous m'accompagniez dans le nord chez mon père. Parce que je vous suis très reconnaissante de m'avoir sauvée de la reine Beata et que le roi Voth mon père voudra aussi vous remercier. Vous comprenez, Blade?

— Je comprends.

Taleen lui sourit.

— Et puis je ne veux pas encore vous perdre. Vous me faites un peu peur. Vous me déroutez. Vous m'intriguez surtout. J'ai le pressentiment, Blade, que Frigga a prévu un avenir pour nous. L'amour? Ou peut-être la mort. Qui peut savoir?

Frigga, expliqua Taleen, était la déesse de toutes les femmes, en Alb, à Voth et, à sa connaissance, dans le pays tout entier. Elle ajouta, avec quelque indignation, que Frigga n'était pas reconnue par les Drus qui interdisaient son culte, et même qu'on prononce son nom, décret que les gens du commun voulaient ignorer, tout comme les gens de qualité.

La divinité mâle était Thunor, tout aussi mal vu des Drus, et par conséquent invoqué aussi souvent que possible. Blade s'appliqua à retenir le nom de Thunor, en pensant que sur la terre d'Alb mieux valait se comporter comme les Albiens, dans les limites de la raison bien entendu. Blade ne connaissait que trop ses propres faiblesses, le caractère emporté et l'obstination. Plus une curiosité dévorante.

Le chemin gravissait à présent une petite colline et bientôt ils se trouvèrent au sommet d'une longue crête. Une plaine monotone s'étendait à leurs pieds jusqu'à la mer calme miroitant sous les premiers rayons du soleil. Blade remarqua que le lacis complexes de sentiers menant à Sarum Vil était soigneusement balisé par des perches au bout desquelles flottaient des lambeaux d'étoffe. La ville au premier coup d'œil, semblait bien fortifiée.

— Il se passe quelque chose, dit soudain Taleen, en fronçant les sourcils. Une telle animation est insolite d'aussi bonne heure. Mon cousin est paresseux et se lève aussi tard qu'Alwyth le lui permet. Regardez, Blade. Tous ces hommes d'armes!

Il examinait attentivement la petite ville et le terrain environnant. C'était une place fortifiée, disposée en rectangle et entourée d'un haut mur de terre surmonté de pieux épointés. Un fossé large de plusieurs mètres était creusé devant ces remparts et une haute tour se dressait à chacun des coins du quadrilatère, mais sans bastions, d'où il conclut que les Albiens ne connaissaient pas encore cet art de la défense. Il ne voyait qu'une porte, qui était ouverte et vers laquelle convergeait, de tous les sentiers, un flot d'hommes armés. Quelques guerriers étaient à cheval, suivis de fantassins mais la majorité allaient à pied, seuls ou en groupes, portant l'épée, la lance et le bouclier, et coiffés de casques ronds qui scintillaient au soleil.

De leur poste d'observation, la vue plongeait à l'intérieur de la ville, au-delà des murs, sur une grande place centrale où régnait une grande animation. D'autres hommes d'armes se pressaient autour d'un feu immense, mangeaient et buvaient, tandis que les conducteurs des chars de guerre poussaient follement leurs chevaux en tous sens. De temps en temps, un homme était renversé et des cris et des jurons montaient jusqu'aux oreilles de Blade et de Taleen. Il sourit ironiquement. De toute évidence, la discipline n'était pas une vertu albienne.

— Là! cria soudain Taleen en tendant le bras. Voilà mon cousin Lycanto. Juste à droite du feu. Vous le voyez? Il est en train de boire à sa corne. Il n'a pas l'air content, mon cousin! Et je le comprends. Lycanto est aussi avare que lubrique, et tout ces guerriers vont le ruiner à manger et à boire. Mais il doit y avoir des ennuis, une guerre, sinon il ne les aurait pas rassemblés. Pour que Lycanto partage ses provisions, il doit y être contraint!

A ce moment, Blade entendit derrière eux un cliquetis d'armes. Il pivota, l'épée levée. Mais Taleen lui saisit le poignet et lui fit baisser le bras.

— Il n'y a aucun danger, Blade. Ce n'est que Cunobar le Gris, le capitaine de Lycanto. Je le connais bien, mais je doute qu'il me reconnaisse. Il y a bien des années que nous ne nous sommes pas vus. Reculez, Blade, et taisez-vous. Laissez-moi faire.

L'homme qu'elle appelait Cunobar le Gris marchait à la tête de huit guerriers. En apercevant Taleen et Blade ils s'arrêtèrent et murmurèrent entre eux, puis Cunobar s'avança. Il était grand, et Blade devina qu'il était moins vieux qu'il ne le paraissait. Ses cheveux argentés et sa barbe drue avaient blanchi prématurément. Il était coiffé d'un casque de bronze pointu orné d'un épervier en vol. Le même épervier était gravé au centre de son lourd bouclier. Il avait dégainé mais en s'approchant il abaissa son épée. Il avait la démarche fière mais sans arrogance.

Cunobar le Gris négligea Blade. Il mit un genou en terre devant la princesse Taleen, enfonça la pointe de son glaive dans le sol et ôta son casque. Ses yeux, d'un curieux brun rougeâtre, examinaient Blade sans paraître le regarder. Il parla d'une voix grave, mélodieuse, vibrante comme une harpe.

— Cela fait bien longtemps, ma princesse. Trop d'années. Je vous avais vue belle, mais ma mémoire me trahissait. Jusqu'à cet instant, je n'imaginais pas autant de beauté.

Taleen fut enchantée du compliment. Elle jeta un petit coup d'œil satisfait et triomphant à Blade, qui regardait discrètement ses pieds tout en observant Cunobar du coin de l'œil. Taleen posa une main légère sur la tête grise du capitaine.

— Toujours le même Cunobar, à ce que je vois. Toute enfant, vous me flattiez et me tourniez la tête et me gâtiez bien trop. Mais levez-vous, Cunobar, et dites-moi ce qui se passe à Sarum Vil. Pourquoi les guerriers se rassemblent-ils?

L'homme se releva et rengaina son épée. Ses hommes se tenaient à l'écart et bavardaient entre eux.

— C'est encore Getorix, répondit-il. D'au-delà de la Mer Étroite. Il a déjà brûlé et pillé plusieurs villages, et massacré leurs habitants. La nuit dernière, les feux ont annoncé que Getorix approche, et le roi Lycanto se prépare à l'affronter. Que faire? Si personne ne s'oppose à Getorix il aura bientôt mis la moitié d'Alb à feu et à sang. Alors on a convoqué tous les hommes libres et tous les guerriers.

Il regarda du côté de Sarum Vil, sans paraître voir Blade, et ajouta :

— J'ignore la raison de votre présence ici, princesse, et ne vous la demande pas. Cela ne me regarde pas. Mais mes hommes ont faim, comme moi, et si nous désirons déjeuner il nous faut nous hâter. Cette horde de loups va mettre à nu le garde-manger du roi et n'en rien laisser.

Ils rirent tous deux.

— Vous avez raison, répondit Taleen, mais tel que je connais mon cousin, il aura mis des provisions de côté pour lui. Nous les lui ferons partager avec nous, Cunobar.

Enfin, le soldat daigna remarquer Blade. Il ne dit rien mais posa sur lui un regard d'acier, puis il se tourna vers Taleen et attendit. Elle sourit, en faisant un petit geste négligent en direction de Blade.

— Tout va bien, Cunobar. Je me porte garante de lui. Il est à moi, un homme libre habilité à porter les armes, mais qui n'est pas de notre rang. Il est sans importance mais je veux qu'il soit traité aussi bien qu'il m'a servie.

Le guerrier, maintenant qu'il avait consenti à remarquer la présence de Blade, le scrutait des pieds à la tête.

— On dit que Getorix aime envoyer des espions en avant-garde. Ils voyagent déguisés en hommes libres, en serfs, même en guerriers. Ils se mêlent à la population et découvrent beaucoup de choses, ils étudient nos faiblesses et font leur rapport à Getorix.

Les hommes de Cunobar se turent. Ils avaient

entendu. Ils regardèrent tous Blade et l'un d'eux dégaina. Un autre haussa un peu sa lance.

Blade leur tourna le dos et se mit à siffler un petit air méprisant. L'audace était son seul recours. Seul contre eux tous, il n'avait aucune chance.

— J'ai dit que je me porte garante de lui, répéta sèchement Taleen. Cela ne suffit pas, Cunobar?

La réponse du capitaine fut courtoise mais empreinte d'obstination.

— Cela suffit amplement, princesse, en temps normal. Mais vous êtes une jeune fille et ne pouvez savoir ce que sait un guerrier. Les espions de Getorix sont très habiles. Et si cet individu est un homme d'armes, comme vous le prétendez, où sont ses armes! Son casque, son armure de cuir, son bouclier, sa lance? Il ne porte rien qu'une méchante épée et une culotte en loques qu'il pourrait avoir volée à un épouvantail.

Blade fut heureux d'avoir le dos tourné. Il n'avait pu réprimer un sourire, que Cunobar aurait pu mal prendre. Taleen toussota mais parvint à ne pas rire. Du ton le plus froid et le plus hautain que Blade avait jamais entendu, elle déclara :

— Il suffit, Cunobar. Son nom est Blade, il est à moi et je vous répète, une fois de plus, que je me porte garante de lui. Je ne vous le répèterai plus. Maintenant, mon vieil ami, escortez-nous en ville et ne me faites pas perdre patience. J'expliquerai tout cela à mon cousin le roi Lycanto, et à nul autre.

Blade se retourna et vit Cunobar s'incliner et s'éloigner d'un air dépité. Taleen et lui s'écartèrent pour laisser défiler la petite troupe. Cunobar regardait droit devant lui, mais ses hommes ne se privèrent pas d'examiner Blade. Le dernier, un solide gaillard sans casque, lui cligna de l'œil au passage. Blade répondit de même.

Taleen et lui suivirent les soldats sur la pente, vers la porte de Sarum Vil.

— Merci de m'avoir fait homme libre. C'est très aimable. Tant que je dois être à vous, autant que j'obtienne le plus haut rang possible.

Elle lui rit au nez.

— Que voulez-vous? J'ai fait de mon mieux. Ce n'était pas le moment de donner des explications, même si je l'avais désiré, et Cunobar n'est pas celui que j'aurais choisi pour cela. Je dirai la vérité à Lycanto... Enfin, peut-être.

Blade se dit que cette jeune personne était une femme-enfant capricieuse et probablement dangereuse. Qu'il le veuille ou non, il dépendait pourtant d'elle. Bien trop. Sa vie même était entre ses petites mains, sans doute. Il changea de conversation.

— Qui est Getorix?

Le visage de Taleen s'assombrit.

— Un démon. Un pirate des mers. Certains l'appellent Barbe-Rouge. Tous les quatre ou cinq ans, il franchit la Mer Étroite, et il ignore le mot pitié. Ses hommes sont des brutes qui pillent, violent et tuent, et il est le plus monstrueux d'eux tous. On dit que c'est un géant, né de diables, et qu'un charme le protège, qu'on ne peut le tuer.

Blade resta impassible. Malgré tout, ce Getorix semblait être un redoutable personnage. Et il ne pouvait oublier ce qu'il avait vu dans la clairière des Drus. Quant au charme protecteur... Blade haussa les épaules. Il était en Alb, pas à Londres, à une époque et dans une dimension qu'il ne comprenait absolument pas. Il devait avancer prudemment, à l'aveuglette, et il serait dangereux de se moquer ou de douter de quoi que ce fût.

— Je ne crois pas que Lycanto puisse vaincre Getorix, reprit sombrement Taleen. Il est assez courageux, mais stupide. Et ses hommes sont trop peu nombreux. Cependant il doit essayer. Chaque roi doit défendre ses propres côtes, alors si Getorix frappe ici, ce sera Lycanto qui devra l'affronter.

— Pourquoi les autres rois et princes ne s'allient-ils pas pour abattre ce Getorix? Ils auraient ainsi l'avantage du nombre, et pourraient l'attaquer de plusieurs côtés à la fois. Ils ne sont sûrement pas tous stupides!

— Non, sans doute, mais ils sont tous envieux et cupides et haineux. Les étrangers, même ceux du royaume voisin, ne sont pas dignes de confiance. La reine Beata, qu'elle pourrisse dans ses oubliettes, a beaucoup d'hommes d'armes et elle est très riche, mais elle ne viendra pas au secours de Lycanto. Ni mon père d'ailleurs. Pour cela, il est aussi stupide que les autres. Il ne se soucie que de Voth.

Il y avait dans sa réponse plus d'intelligence qu'il n'aurait pensé. Encore une fois, il se rappella de ne pas la sous-estimer.

— Cependant, le sujet pourrait être abordé, dans un conseil de guerre. Qui sait? Cela vaudrait la peine d'essayer, tout de même.

Elle lui jeta un coup d'œil aigu et répliqua aigrement :

— Et qui abordera le sujet? Pas moi. Les femmes ne sont pas admises au Conseil. Vous, Blade? J'ai assez ri pour une journée, quand vous avez voulu me défendre contre un épouvantail. Mais peut-être ne comprenez-vous pas encore? Vous êtes tout juste toléré! Votre vie est en sursis, vous la perdrez dès qu'on saura que vous avez tué une Dru. Et vous venez d'entendre Cunobar. Ils peuvent vous tuer pour rien, simplement parce que vous êtes étranger. Votre vie dépend de moi, Blade, de moi seule, je vous conseille de ne pas l'oublier. Je ferai ce que je pourrai, parce que j'ai des projets pour vous, mais vous devrez être comme une souris des champs que l'on voit et n'entend jamais. Quand nous arriverons en ville, nous serons séparés, naturellement, parce qu'un lourdaud comme vous ne peut être admis dans le palais du roi. Je vous ferai nourrir et habiller, et armer comme il convient à un homme libre, mais pour l'amour de Frigga maîtrisez-vous et taisez-vous! Si vous vous laissez entraîner dans une bagarre ou si vous éveillez trop de soupçons, je ne pourrai pas vous sauver.

Cette perspective ne plaisait guère à Blade et il n'aimait pas son ton. Mais il répondit assez calmement :

— Vous avez dit que je devais être un sorcier dans mon pays, princesse. C'est peut-être vrai, plus vrai que je ne vous l'ai avoué. Tout dépend de ce que vous appelez un sorcier et...

— Vous parlez comme un homme à qui la lune fait perdre l'esprit! s'exclama-t-elle avec colère. Un sorcier est un sorcier! Pas autre chose. Un sorcier connaît des charmes, la magie, il peut lire les pensées des autres. Si vous êtes réellement un sorcier, Blade, dites-le tout de suite. Ça pourrait tout changer. Je le dirai à mon cousin et il vous accueillera bien. Vous serez *son* sorcier et vous l'aiderez à vaincre Getorix. Et nous vivrons tous heureux, comme dans les contes que les skalds racontent aux enfants le soir devant le feu. Alors, Blade? Êtes-vous un sorcier?

Une lueur de moquerie et de doute pétillait dans ses

yeux. Blade soupira et se maîtrisa. Ce n'était pas le moment de se montrer imprudent.

— Écoutez-moi, dit-il posément. Écoutez-moi bien, Taleen. Dans mon propre pays, je ne suis pas un sorcier mais ici, en Alb, je pourrais en être un, après tout. Je connais bien des tours, particulièrement des ruses de guerre, qui aideraient votre cousin à battre ce pirate. Je vous en donne ma parole. Mais pour cela il faut qu'il m'entende, je dois lui parler d'égal à égal, être traité en pair. Je n'ai nulle envie de languir dans les communs avec les domestiques, ni même avec les hommes libres. Vous devez persuader Lycanto de me recevoir, de m'écouter. Ou alors de me laisser parler au Conseil de guerre.

Taleen regarda Blade bouche bée, comme si elle le voyait vraiment pour la première fois.

— Vous avez réellement perdu l'esprit! Vous êtes fou! Vous voulez prendre la parole au Conseil. Vous! Un vagabond étranger vêtu des dépouilles d'un épouvantail! Et vous avez l'air de parler sérieusement!

Blade sentit la colère le gagner. Cette petite princesse damnerait un saint, pensa-t-il. Mais il réussit à contrôler sa langue. Il était immense, musclé, mais il savait que la ruse pouvait réussir là où la force échouait.

— Vous pourriez vous arranger pour que je parle au Conseil, princesse.

— Vraiment! Et comment donc, je vous prie?

— Par cette Alwyth, la femme de Lycanto. Vous m'avez dit qu'il la craint et lui obéit. Parlez-lui, dites-lui que je suis un sorcier et demandez-lui d'intercéder pour moi auprès du roi. Ça me paraît bien simple.

La bouche rouge de Taleen se crispa de dédain.

— Alwyth? Je la méprise. Je ne quémanderai pas ses faveurs.

Blade eut recours à son sourire le plus ensorceleur, celui que J appelait « la bombe ».

— Pour moi, Taleen? Qui vous ai sauvé du chien? De la reine Beata? Qui vous ai réconfortée quand vous aviez froid et peur? Vous avez donc la mémoire si courte?

Il n'ignorait pas le risque qu'il courait en exagérant, mais elle était une enfant, rusée certes, mais bien jeune, alors il tentait sa chance.

Elle prit un air boudeur, le considéra un moment, puis elle hocha lentement la tête.

— C'est bon, Blade. Je ferai ce que je pourrai. Mais allons, maintenant. Cunobar nous attend à la porte et si je ne me trompe pas, c'est le chef d'armée de Lycanto qui est auprès de lui. On parle déjà de vous. Venez. Et, une dernière fois, tenez-vous tranquille!

CHAPITRE IV

Richard Blade se morfondit toute la journée dans une misérable hutte au sol de terre battue, noire de suie, la seule aération étant fournie par un trou rond au plafond. On avait confisqué son épée et posté un gardien à la porte. C'était un gaillard impudent aux cheveux clairsemés qui louchait atrocement et qu'un bec-de-lièvre défigurait. Il se méfiait de Blade, mais se montrait assez amical ; il lui avait raconté qu'il s'appelait Sylvo, qu'il avait été esclave mais était devenu homme libre.

Il n'y avait aucun mobilier, aussi Blade était couché à même le sol, se sentait crasseux et commençait à avoir de la barbe. Il avait des visions de bains chauds débordant de mousse. La hutte était pleine de poux et il se distrayait tant bien que mal en cherchant les minuscules bestioles grises pour les faire craquer entre ses ongles.

A présent que la nuit tombait et qu'une étoile venait d'apparaître au-dessous du trou du toit, sa colère dépassait les bornes. Ou Taleen l'avait oublié ou elle avait été incapable de faire quelque chose pour lui. Quoi qu'il en soit il était ignoré, oublié. Enfermé toute la journée, il avait entendu croître autour de la hutte le tumulte et la confusion. Manifestement, le roi Lycanto ne partirait pas en guerre ce jour-là. De nouvelles troupes ne cessaient d'arriver. Les chariots fonçaient, des hommes étaient piétinés, d'autres jouaient aux dés et buvaient ou faisaient ripaille ; on entendait leurs rires avinés et parfois le cri aigu d'une des prostituées qui suivaient les soldats. Blade se disait que si ce Getorix, ou Barbe-Rouge, avait des guerriers tant soit peu disciplinés il n'aurait aucun mal à mettre en pièces une telle racaille. Lui-même savait obéir et imposer la discipline, et enrageait comme si la responsabilité de cette défaite allait être la sienne. Cela le déconcertait et l'amusait aussi.

Au début, quand les hommes de Cunobar l'avaient jeté sans ménagements dans la hutte, il avait été heureux de pouvoir réfléchir tranquillement à sa situation. Il savait déjà que sa mémoire commençait à s'estomper — encore qu'en faisant des efforts il parvenait à se rappeler ce qui était important — aussi chercha-t-il à raisonner, à deviner ce qui lui était arrivé. Ce n'était pas facile. Blade avait toujours été un homme d'action plus qu'un intellectuel et il n'avait certes rien d'un savant. Il essaya donc d'envisager les choses sous leur forme la plus simple.

L'expérience avec l'ordinateur avait été complètement ratée. L'appareil ou Lord Leighton avait commis une erreur monumentale, à la suite de quoi sa cervelle avait été totalement troublée. Ce n'était pas une perspective joyeuse, mais il fallait bien la regarder en face.

Les médecins utilisaient l'électro-choc pour guérir les aliénés. Dans ce cas précis, on avait obtenu le résultat contraire. Le choc ne l'avait pas rendu fou, dans l'acception normale du terme, mais il devait avoir transformé toute la structure moléculaire de ses tissus cervicaux.

Ses lectures à ce sujet avaient été celles d'un simple profane, il ne comprenait pas vraiment la structure complexe du cerveau humain et il ignorait tout des neurons, des acides nucléiques, de la synthèse des protéines et de l'A.D.N. ; il en savait cependant assez pour comprendre que les experts n'étaient guère plus avancés que lui. Le cerveau demeurait un continent inexploré dans lequel tout était possible.

Blade conclut que son cortex cérébral avait été si brouillé qu'il avait à présent la possibilité de percevoir un monde totalement différent. C'était un monde réel, tout comme lui-même, qui existait cependant dans une autre dimension. Une dimension que son cerveau, avant l'intervention de Lord Leighton, avait été incapable de saisir.

Craquant un nouveau pou entre ses ongles noirs, Blade se sentait maintenant très fier de lui. Il ne savait pas si cela avait un rapport avec le temps ou l'espace et en doutait. *La dimension!* Là devait se trouver la solution. Pour le moment, il se contentait de ça.

Ayant jeté le pou, il se replongeait dans ses réflexions quand la porte s'ouvrit. Sylvo entra, portant un plateau de bois avec de la viande et du pain noir, et une corne de la bière légère et mousseuse que Blade avait déjà goûtée et trouvée bonne.

Sylvo ne laissait rien au hasard. Il était armé d'une courte lance effilée comme un rasoir, et il s'en servit pour souligner ses mots :

— Dans le coin, comme tout à l'heure. Je ne veux pas vous voir trop près de moi. Par Thunor, je crois qu'avec vos bras vous pourriez étouffer un bœuf!

Blade obéit en souriant. Sylvo, tout en étant préposé à sa garde, le traitait avec un mélange de déférence, de crainte et de résolution. Blade croisa ses bras musclés et le dévisagea.

— Combien de temps vais-je rester enfermé dans cette porcherie?

Sylvo posa le plateau par terre et recula vers la porte. Il portait une tunique lâche en toile tombant sur des braies maintenues par un croisillon de lacets de cuir, du genou à la cheville. Il était coiffé du casque de métal tout rond, crânement penché sur le côté. Ses pieds nus étaient sales. Un bien piètre soldat, pensa Blade, tout en notant que les petits yeux bigleux ne le quittaient jamais et que la lance était toujours prête à frapper.

— Quant à ça, mon maître, répliqua Sylvo, je ne saurais vous répondre sans mentir. Et si je suis indiscutablement un bâtard, un fils de pute, et que Thunor sait que j'ai plus de vices que de vertus, je n'ai jamais été un menteur. Pas plus que je ne suis le roi Lycanto qui seul pourrait vous répondre. Alors patientez, mon maître. Vous n'êtes pas si mal, ici. Pensez à moi. C'est moi qui souffre.

— Tiens donc. Comment ça?

Sylvo haussa les épaules, tout en gardant la pointe de sa lance braquée sur Blade.

— On ne m'a pas relayé, voilà comment. J'ai été oublié. Comme d'habitude. La bière coule à flots, il y a des femmes partout, et moi je dois rester à vous garder. C'est pas une souffrance, ça?

Blade le reconnut volontiers. Et proposa une solution :

— On peut facilement y remédier. Pourquoi me garder si étroitement? Je suis seul, un étranger dans un camp hostile. Je ne peux pas m'enfuir. Que pourrais-je faire? Où aller? Et qui pourrait le savoir, si tu abandonnais ton poste pour quelques instants? Va donc boire une bière, Sylvo. Prends le temps de te trouver une femme. Je serai ici quand tu reviendras.

Le corps malingre de l'homme se mit à trembler. Il se balança en arrière et de ses lèvres difformes jaillit une espèce de caquètement que Blade reconnut, avec bien du mal, pour un rire.

— Ar, mon maître! Sûr que vous serez là, et moi aussi, à vous surveiller. Ma tête n'est pas belle, je l'avoue, mais je n'ai pas envie qu'on me la tranche pour l'exiber au bout d'un pieu.

Blade ne s'était pas vraiment imaginé que sa ruse marcherait. Il était persuadé que Sylvo était moins rustre qu'il ne le paraissait. Il changea de conversation, tout en s'asseyant pour manger avec les doigts.

— Et ce Getorix? Celui qu'on appelle Barbe-Rouge? Je croyais que le roi Lycanto partirait en guerre contre lui aujourd'hui.

— Nous le pensions tous. Mais il paraît que non. Les troupes n'arrivent pas vite, les soldats qui sont déjà là sont ivres, et passent plus leur temps à jouer aux dés et à se poursuivre en char qu'à faire l'exercice. Ils s'occupent plus des filles que d'affûter leurs lances. Les capitaines se disputent entre eux, tout comme le roi et la reine Alwyth, qui lui a jeté un hanap à la tête devant tous ses hommes, et la ville ressemble à un poulailler où un renard aurait été lâché!

Sylvo s'était accroupi et semblait disposé à bavarder. Blade allait l'interroger plus avant, sur le roi, sur Alwyth et surtout Taleen, quand on gratta à la porte. Sylvo bondit et se tourna à demi, sans relâcher sa vigilance, la lance toujours braquée sur son prisonnier.

— Ar, ça doit être la relève! Pas trop tôt, par Thunor! Je vais tout de même pouvoir profiter de la bière et des filles.

— Eh bien ouvre donc, grogna Blade, et cesse de me casser les oreilles.

Il leva les yeux vers le trou du toit, Les étoiles avaient disparu derrière des lambeaux de brume. La nuit était sombre, les ténèbres épaisses.

Sylvo avait entrouvert la porte et marmonnait, l'air chagrin; ce n'était donc pas sa relève. Blade perçut un chuchotement de femme, et poussa un soupir de soulagement. Ainsi, elle ne l'avait pas oublié.

Ce qui suivit le dérouta. Sylvo tendit une main par l'entrebâillement, prit quelque chose, referma la porte et se tourna vers Blade.

— Par le foie de Thunor, voilà qui devient mystérieux! s'exclama-t-il en faisant sauter une pièce de monnaie, qu'il mordit ensuite. Et je me retrouve avec un vrai mancus! Du bronze pur. Moi, Sylvo, qui n'ai jamais vu que des scills de fer! Un mancus! Trois de ceux-là et je pourrais m'acheter une ferme et du bétail. Un mancus! Moi, le pauvre Sylvo!

Blade ne put réprimer son impatience.

— C'était donc la princesse Taleen? Elle t'a donné un billet? Un message pour moi?

Sylvo mordit encore une fois la pièce, puis la glissa dans la bourse accrochée à sa ceinture, où pendait aussi un poignard à large lame. Il regarda sournoisement Blade.

— Faux, mon maître. C'est Dame Alwyth, notre reine. Elle veut vous parler. Elle attend que vous me promettiez de ne rien dire. Je dois avoir votre promesse. Ar, je ne suis pas un imbécile. Quand deux grosses pierres jouent ensemble, c'est toujours le petit caillou qui se fait écraser.

— Fais-moi grâce de tes maudites sottises! cria Blade. Peu importe. La reine m'apporte un message de la princesse. Fais-la entrer tout de suite!

Sylvo ne se démonta pas. Son effort de réflexion plissa toute sa vilaine figure.

— Pas si vite, mon maître. Je pense à ma tête, moi. Un mancus pour garder le silence, ça ne me dit rien de bon.

— Ça va, d'accord, je te promets de ne jamais parler de ça, D'ailleurs, ajouta sournoisement Blade, si tu ne fais pas entrer la dame, il faudra lui rendre le mancus.

Sur ce, il tourna le dos, croisa les bras et feignit de contempler le ciel noir. Il entendit Sylvo marmonner :

— Rendre l'argent? Par la barbe de Thunor, ça me ferait bien mal. J'ai votre promesse, mon maître?

— Tu l'as.

— Bon, mais je serai là dehors, avec ma lance et ma dague, alors ne cherchez pas à fuir. Jurez-le moi sur le cœur de Thunor!

Blade lui fit face et leva la main droite.

— Sur le cœur de Thunor, je te le jure. Maintenant fais entrer la dame. Et ouvre l'œil. Je ne veux pas être interrompu. Elle non plus, je pense.

— Dans ce cas, nous sommes tous d'accord.

Sylvo ouvrit la porte et se glissa dehors.

Le courant d'air fit fumer et crachoter l'unique flambeau planté dans un anneau de fer fixé à une poutre, qui répandait une lueur rougeâtre et sentait abominablement l'huile de poisson.

Alwyth, la reine en personne! Blade ne comprenait pas mais reprenait courage. Taleen devait lui avoir parlé, plaidé sa cause et réussi, sinon elle ne serait pas là. Cependant, pourquoi était-ce Alwyth qui venait, et non la princesse? Pourquoi ce secret, ce prix du silence? Blade haussa les épaules. Il ne tarderait pas à la savoir. Et tout valait mieux que cette hutte nauséabonde.

La porte s'entrouvrit et se referma aussitôt. Aussitôt, Blade sentit des effluves de chypre. C'était donc Taleen, venue par ruse! Non, cette femme était plus petite, plus menue que la princesse. La silhouette emmitouflée qui se tenait devant lui ne lui arrivait pas à l'épaule. Elle portait un long manteau de fourrure bordé d'une fourrure plus claire et plus soyeuse, de l'hermine, peut-être, ou du castor. Ses lourds cheveux blonds étaient retenus sur le sommet de sa tête par une longue épingle d'or. Sa tête était coiffée d'une couronne d'or ornée de dragons rampants, et un voile blanc lui masquait le visage.

— Vous êtes Richard Blade? Celui qui est venu ici avec la princesse Taleen?

Blade surprit une nuance de mépris quand elle prononça le nom de Taleen. Il s'inclina.

— Oui, je suis Richard Blade.

Puis il attendit, d'un air déférent. Son regard ne pouvait pénétrer le voile blanc mais il savait qu'elle le voyait parfaitement. Elle le toisa des pieds à la tête, l'examinant comme un animal, ou comme un esclave sur un marché. De nouveau, il huma le parfum de chypre. Il apprendrait par la suite que l'usage du chypre était interdit sous peine de mort aux gens du commun. Elle leva une main pâle où scintillaient des bagues, et désigna la torche.

— Mettez-vous là-bas. Je vous verrai mieux.

Elle avait une voix grave, mais assurée et autoritaire, dont le ton ne plut guère à Blade. Il obéit, certain que lorsqu'il verrait son visage celui-ci ne lui plairait pas davantage. Sans un mot, il se plaça dans le cercle de lumière.

De nouveau, elle l'examina avec attention. Sans paraître insister, il la détailla de son côté. Elle était petite, mais il la devinait potelée. Ses seins se soulevaient sous la fourrure, et elle semblait respirer avec plus d'oppression.

— Taleen m'a dit vrai sur un point au moins, dit-elle enfin. Vous êtes un magnifique animal! Avez-vous aussi de la tête, Blade? Êtes-vous capable de penser? Ou n'êtes-vous qu'un guerrier et un étalon?

Blade faillit s'emporter. Cependant. il se maîtrisa et s'inclina de nouveau en prenant garde de ne pas paraître trop obséquieux.

— Il m'arrive de réfléchir, dit-il et il ajouta presque malgré lui : Quant à être un étalon... c'est à vous de juger...

Un petit pied chaussé d'une sandale claire se mit à frapper la terre battue. Il eut cependant l'impression qu'elle souriait sous le voile.

— Vous êtes un impertinent! Taleen avait dit vrai, aussi. Otez votre vêtement, Blade.

Peu d'hommes ont le don de conserver leur sangfroid en toute circonstance. Blade était de ceux-là. Cependant, il eut quand même une hésitation. Mais elle fut brève; docilement il défit la ceinture de sa culotte d'épouvantail et la laissa tomber. Il espérait de tout son cœur qu'il ne réagirait pas au parfum et à la proximité de cette femme, et ne se donnerait pas en spectacle. Tout cela était bien mystérieux et il se dit, encore une fois, qu'en se comportant comme les

Albiens on était forcé de faire des choses fichtrement singulières!

La femme s'approcha de lui. Une main couverte de pierreries se leva et il crut qu'elle allait le toucher, mais elle se contenta de regarder et de tourner autour de lui. Il était indiscutable qu'elle respirait plus rapidement. Il commençait à deviner un peu son secret. En Alb, la nymphomanie devait être la même qu'à Londres.

Avant de s'écarter, elle laissa courir légèrement le bout de ses doigts sur son dos. Blade frissonna. Et, comme il l'avait craint, il commença à réagir. Un rire de gorge fusa sous le voile.

— Un véritable taureau! Rhabillez-vous, Blade. Un plaisir remis est un plaisir prolongé.

Elle le regarda se reculotter, serrant autour d'elle la cape de fourrure.

— Taleen dit que vous êtes un sorcier, Blade. Est-ce vrai?

Il joua le tout pour le tout. Pour le moment, il était perdu, dépassé par les événements, il ne comprenait rien, mais il sentait que cette étrange visite avait un but redoutable. L'odeur d'intrigue, et de danger, était aussi palpable que la puanteur de la torche. Il s'inclina pour la troisième fois, très légèrement.

— C'est vrai. Auriez-vous besoin d'un sorcier?

Exprès, il avait pris un ton ironique. Elle ne le releva pas. Sa main bougea de nouveau, pâle éclair scintillant dans la pénombre.

— Oui, Blade, j'ai besoin d'un sorcier. Mais aussi d'un guerrier. Vous êtes un combattant, à ce que me dit Taleen.

— J'ai tué quelques hommes, c'est vrai.

C'était vrai, mais il était inutile d'expliquer qu'il

s'était agi de morts plus sophistiquées, dans une autre vie, une dimension cosmique différente. Elle l'aurait pris pour un fou en proie au délire. Et puis, dans une dimension ou une autre, la mort était toujours la mort.

Pendant un long moment elle l'observa en silence. Enfin, elle reprit :

— Nul ne peut nous entendre, Blade. Si des ennuis surviennent à la suite de cet entretien, c'est moi que l'on croira, pas vous, et je veillerai à vous faire fouetter à mort. Je vais parler franchement, sans mâcher mes mots, sans mentir, sans user de ce langage des Drus qui peut signifier tant de choses ou rien du tout. Vous allez m'écouter avec attention, Blade, et puis vous oublierez que je vous ai parlé. C'est de l'action que j'exigerai de vous, pas des discours. Est-ce bien compris?

Il hocha la tête. Elle s'approcha et il se sentit enveloppé d'un nuage sensuel de chypre.

— Nous avons peu de temps, Blade, aussi vais-je être aussi brève que possible. Il y a longtemps, alors que j'étais encore enfant, les Drus m'ont prédit que je règnerais un jour sur Alb. La vieille grande prêtresse, morte aujourd'hui, m'a annoncé que j'épouserais un roi. Ce qui est arrivé. On m'a dit aussi qu'un jour un étranger viendrait qui serait un guerrier, de haute réputation auprès des dames, et que grâce à lui je règnerais sur Alb.

Blade écoutait avec une grande attention, tous ses sens aiguisés. Tout cela n'était que sornettes, probablement une prophétie classique des Drus destinée à flatter, mais cependant il était là. En compagnie de la Dame Alwyth, reine d'Alb.

Elle devina ses pensées et un rire sans joie fusa sous le voile.

— J'ai douté, sur le moment, alors même que je n'étais qu'une vierge ignorante. Les Drus sont de grandes menteuses et tordent les mots comme un forgeron tord le fer. Mais je n'ai jamais oublié. Et vous êtes bien là, Blade. Qui pourrait le nier?

Blade hocha la tête en silence. Qui pourrait le nier en effet? Pas lui! Pas depuis que Lord Leighton s'était amusé avec son infernal ordinateur!

— Je veux vous rassurer sur le sort de la princesse Taleen, qui semble avoir bien du goût pour vous, reprit-elle sur ce ton méprisant qu'elle avait déjà eu. Elle est venue à moi tout de suite, et bien que nous nous haïssions, elle a tenté de me cajoler pour que je parle au roi et vous obtienne un siège au Conseil de guerre. Hardie comme une fille à soldats! Je l'ai écoutée, en parlant peu, et j'ai ainsi appris beaucoup de choses sur vous. Est-il vrai, Blade, qu'elle vous ait découvert endormi tout nu dans la forêt?

— C'est vrai. J'ai été transporté par magie de mon propre pays, où je suis un sorcier, et par suite d'une erreur je me suis trouvé déshabillé.

Il l'observait avec attention, guettant une réaction derrière le voile.

— C'est possible, répliqua-t-elle calmement. Je n'en crois pas un mot, mais peu importe. Dès que Taleen n'a plus rien eu à dire, j'ai compris que mon heure était venue, que peut-être la vieille Dru n'avait pas menti pour obtenir mes faveurs. J'ai fait faire une potion que j'ai donnée à Taleen dans un bouillon.

Blade fronça les sourcils.

— Vous lui avez fait du mal? Vous en aviez l'intention?

— Non, pas du tout. Elle dort, simplement. Étant inoffensive, elle ne risque rien. Je ne suis pas assez folle pour encourir la colère de son père, Voth du Nord. Et elle est la cousine de mon mari, Lycanto, un imbécile, un ivrogne et un faible qui cherche à plonger son mol organe dans toutes les filles qu'il peut trouver. Mais un affront à son propre sang l'enragerait. Je ne jouerai pas ce jeu-là. Je serai plus rusée, et je renverrai Taleen à son père, avec une bonne escorte, et serait remerciée de l'avoir sauvée des griffes de l'horrible Beata.

— C'est moi qui l'ai sauvée!

— Mais oui. Et c'est moi que Voth remerciera. C'est sans importance, Blade. Oubliez Taleen! J'ai obtenu que vous siégiez cette nuit au Conseil.

Blade resta impassible.

— Dans quel but? Je connais le mien, mes raisons pour demander à Taleen d'arranger cela, mais quelles sont les vôtres?

— D'abord, que vous puissiez connaître Lycanto et ses guerriers, et plus particulièrement ses capitaines car c'est à eux que vous aurez affaire quand il sera mort.

Un sourire ironique frémit sur les lèvres fermes de Blade.

— Il va donc mourir?

Pour la première fois, elle trahit de l'impatience.

— Taleen dit que vous êtes stupide par bien des côtés, mais pas autant que la plupart des hommes. Ne le soyez pas maintenant! Pourquoi pensez-vous que je sois venue ici en secret, comme un voleur par une nuit sombre? Quelle espèce de sorcier êtes-vous si vous ne lisez pas mes pensées?

— Vous avez raison, fit Blade. Je serais un bien

piètre sorcier si je ne vous devinais pas. Vous désirez que je tue Lycanto ?

Elle haussa négligemment les épaules.

— Ou que vous le fassiez tuer. Peu m'importe. Mais il vaudrait mieux que l'on ne puisse vous blâmer.

— Ni vous, je suppose ? répliqua-t-il avec ironie.

— Naturellement ! Je vais vous laisser et dès que j'aurai quitté cette porcherie, j'oublierai ce qui a été dit ici. Je m'occuperai de ma maison et attendrai la nouvelle de la mort de Lycanto. Je ne veux point savoir comment vous vous y prendrez. Peut-être ne réussirez-vous pas, et alors c'est vous qui serez tué. Cela m'importe peu. Car alors vous seriez un triste sorcier et non pas l'étranger prédit par la vieille Dru. J'ai fait tout ce que j'ai pu, je vous ai procuré un siège au Conseil, où pour un peu de temps vous serez écouté. Ce sera dangereux, très dangereux pour vous. On vous mettra à l'épreuve, car si Lycanto est stupide la plupart de ses chefs de guerre ne le sont pas. Mais si vous réussissez, Blade, si vous gagnez, vous serez bien récompensé.

— Cette récompense ?

— Elle sera grande, pour un homme qui n'a rien, et tout à gagner. Pour un vagabond à la merci de la lance du premier soudard venu, qui ne risquerait rien qu'une amende de quelques scills pour vous avoir abattu. Vous régnerez avec moi, Blade, si vous vous révélez suffisamment fort. Au lit comme à la guerre, et c'est vous qui devez prouver votre valeur.

Blade hocha la tête. Les dés étaient jetés. Il avait obtenu tout ce qu'il pouvait espérer dans sa situation. Il jouerait donc le jeu d'Alwyth, et le sien en même temps. Le chemin serait épineux, et personne ne viendrait à son aide.

Il fit un pas vers elle. Ils étaient maintenant tout proches, et son parfum lui tournait un peu la tête. Taleen avait éveillé son désir et il s'était maîtrisé; Alwyth, avec sa silhouette de poupée et son parfum, son voile et son mystère, le meurtre au cœur, provoquait en lui un désir différent, plus calculé. Elle voulait se servir de lui. Très bien. Il se servirait donc d'elle pour calmer sa lubricité. Rapidemment, brutalement, immédiatement. Il tendit la main vers le voile.

— J'aimerais voir votre visage, madame.

Blade était accoutumé à voir céder les femmes mais il ne fut pas très surpris quand, d'un mouvement souple, elle lui échappa. Elle porta les deux mains au voile retenu de chaque côté par la couronne d'or.

— Vous en êtes bien sûr, Blade? demanda-t-elle d'une voix moqueuse. Tout à fait sûr de vouloir voir mon visage? Je vous avertis... cela vaut d'y réfléchir.

Les sens exacerbés, il ne pensait plus qu'à la prendre, aussi rapidement que possible. Il avança vers elle et elle l'esquiva de nouveau avec un rire ironique.

— Je suis à moitié belle, Blade. Essayez de résoudre cette énigme et répétez que vous voulez me voir. Car alors je me montrerai, ce qui apaisera aussitôt votre ardeur et me volera de ce monstre!

Elle contemplait le devant du vêtement de Blade qui révélait nettement la manifestation physique de son désir. En cet instant de fièvre, il se moquait de ce que dissimulait le voile. La réponse échappa à ses lèvres, et ce ne fut que plus tard qu'il en comprit l'implication. Il n'était plus seulement en Alb. Il était un Albien! Il bondit sur elle, criant d'une voix rauque :

— Je veux voir! Par Thunor, je vous verrai! Et je vous aurai. Ici, tout de suite!

Elle posa une main sur son torse massif, ses doigts carressèrent la toison épaisse.

— Eh bien regardez, Blade!

Elle arracha son voile.

Il ne put retenir une exclamation, recula d'un pas et la regarda fixement. Il avait vu des spectacles à révulser l'estomac, mais jamais rien de tel. C'était une horreur, une horreur aggravée par le contraste.

Alwyth était une Janus femelle, à deux visages, la tête partagée du front au menton. L'une des moitiés était ravissante, le teint de neige, le nez fin et patricien, le menton ferme, l'œil bleu et pétillant, le front pâle et lisse.

L'unique œil bleu l'observait. D'une voix railleuse et pleine de venin, elle demanda :

— Que pensez-vous maintenant, Blade? Vos ardeurs ne sont-elles pas refroidies?

L'autre moitié du visage n'avait rien d'humain. Ce n'était qu'une affreuse cicatrice boursouflée et rouge; l'œil était toujours là mais blanc, laiteux sous la paupière fripée.

Blade aspira profondément. Il était toujours en rut, mais elle avait raison. Le véritable désir l'avait abandonné. Son instinct l'avertit qu'il devait être plus prudent que jamais. Sa vie en dépendait. Un faux pas, et elle le ferait abattre, même si cela devait réduire à néant son projet.

La reine Alwyth se tourna pour ne montrer que son profil intact. Elle était ravissante ainsi, et Blade eut pitié. Et comme la pitié tue l'amour, ses sens s'apaisèrent. Elle porta une main à la moitié cachée de son visage.

— Un cadeau de mon mari le roi. Il y a bien longtemps, au cours d'un jeu d'enfants. J'étais une vierge capturée et torturée par des pirates. Et puis un incident, je ne sais lequel, attira les autres enfants ailleurs et je restai seule avec Lycanto. Nous nous étions disputés la veille et je lui avais craché à la figure. Il y avait du feu, car il faisait froid, et il a pris un tison... Vous avez vu la vengeance de Lycanto. Il avait huit ans alors, et moi six.

Blade comprenait maintenant la haine qui bouillonnait en elle comme du poison dans une coupe. Il comprenait pourquoi elle détestait la belle Taleen. Il ne pouvait plus feindre l'ardeur, à présent, et il était trop avisé pour le tenter. Faire preuve de pitié ou de répulsion serait se condamner à mort. D'une voix détachée, presque froide, il lui dit :

— Il est vrai que la moitié de votre beauté est détruite, madame, mais la moitié seulement. Vous êtes heureuse en cela, car combien de femmes sont seulement à moitié belles?

— Trop! Et cela ne me plaît pas.

Il savait qu'elle songeait à la princesse Taleen et comprit en même temps qu'elle mentait en parlant de rendre Taleen sans mal à son père. Elle trouverait sûrement un moyen de la tuer.

Elle lui fit de nouveau face. L'œil laiteux et aveugle luisit dans la pénombre. La torche achevait de se consumer et la fumée devenait plus épaisse. Elle le considéra et murmura d'une voix mielleuse :

— Vous me désirez toujours, Blade? Je vous avertis, je n'accepte que la vérité!

— Je suis un homme, madame. Oui, je vous désire, répondit-il sans baisser les yeux.

— Vous m'obéirez donc? Vous trouverez un moyen habile de tuer Lycanto sans que l'on puisse nous soupçonner?

— Je le trouverai.

Il pensait mentir, mais comment savoir? Peut-être serait-il forcé d'en arriver là.

— Alors regardez le reste de votre récompense!

Elle ouvrit la cape de fourrure. Elle ne portait rien dessous.

Son corps de poupée était aussi parfait que la figure était mutilée, les proportions exquises, la peau crémeuse et satinée. Ses petits seins fermes étaient peints en bleu et couronnés de pointes écarlates. (Blade avait déjà remarqué que certains guerriers se peignaient, mais ignorait encore que seules les femmes mariées avaient le droit d'en faire autant.)

La reine Alwyth se dressa sur la pointe des pieds et se pavana devant lui. Elle avait la taille menue, et les deux mains de Blade auraient pu l'encercler, mais quand il voulut l'enlacer — il était de nouveau prêt — elle lui échappa. Il ne la poursuivit pas mais resta immobile, furieux, se traitant de tous les noms et malgré tout ivre de désir.

Tournant vers lui son profil parfait, elle caressa du bout de ses doigts bagués ses seins bleus, tout en l'observant du coin de l'œil.

— Tu me désires toujours, Blade? souffla-t-elle.

Redevenu maître de lui, il répondit passionnément :

— Je vous désire, madame...

Elle rit et s'enveloppa dans sa mante.

— C'est bien. Désire-moi, Blade, fais ce que je t'ai dit et je serai à toi. Et dis-toi bien que tu ne le regretteras pas.

Elle disparut, si vivement que Blade, presque malade de désir inassouvi, les reins douloureux, regarda autour de lui comme si elle s'était cachée dans l'ombre. Son parfum s'attardait, sans cela il aurait pu penser qu'il avait rêvé, victime d'une potion versée dans sa bière.

Ce fut Sylvo qui le ramena à la dure réalité. Il entra brusquement, la pointe de sa lance braquée sur son prisonnier, et s'écria avec un gros rire :

— On dirait que vous avez des amis puissants, mon maître! Par Thunor, on ne peut pas en douter! Il paraît qu'on veut vous voir au palais du roi. Le bruit court que vous allez siéger au Conseil de guerre mais ça, je ne le crois pas. Il est plus probable qu'ils veulent s'amuser un peu avec vous avant de vous pendre ou de vous écorcher vif!

Sylvo, l'esprit sûrement un peu dérangé par l'importance de cette nouvelle, pécha par négligence. La pointe de la lance s'abaissa.

Blade s'élança comme un grand serpent. Avant que l'homme puisse souffler il lui faisait un double-nelson, écrasant la figure difforme contre la poitrine étroite. Sylvo gémit et laissa tomber sa lance pour chercher à tâtons la dague à sa ceinture, mais Blade, le lâchant d'une main, faillit lui briser le poignet d'un coup de karaté.

— Et maintenant? demanda Blade. Qui est le maître ici?

— C'est vous, souffla Sylvo. C'est vous.

Il étouffait mais il essaya tout de même de ruer dans les jambes de Blade.

Les pieds bien écartés, Blade le souleva aussi aisément qu'un bébé, le retourna et le saisit à la gorge. Sylvo tira la langue et vira au violet. Ses yeux exorbités supplièrent.

Blade ramena en arrière un poing puissant.

— Je vais t'apprendre les bonnes manières! C'est

une leçon, rien de plus. A l'avenir, tu sauras comment on parle à ses supérieurs.

Délibérément, il retint son poing car il ne voulait ni blesser ni tuer, mais malgré tout le coup aurait pu assommer un cheval. Sylvo s'étala à plat ventre et roula contre le mur, les yeux vitreux. D'un coup de pied, Blade le fit lever et lui déclara en riant :

— Debout! Escorte-moi au palais de Lycanto!

CHAPITRE V

Dès le début, les choses tournèrent mal.

On imposa le silence à Blade, sous peine de mort immédiate, le privant ainsi de sa seule arme. On le fit asseoir sur une chaise grossière, aveuglé par une torche, en lui ordonnant de n'en pas bouger. Il n'osa pas désobéir, et s'efforça d'utiliser au mieux ses yeux et son intelligence.

La salle du Conseil était vaste, avec un sol de terre battue jonché de sable et de feuillage, tapissée de cuir. Elle était bien éclairée et empestait l'huile de poisson. Une énorme flambée crépitait dans la cheminée monumentale devant laquelle dormaient de grands chiens, semblables à celui qu'il avait tué pour défendre Taleen.

Parmi les dix hommes assis autour d'une longue table à tréteaux, il ne reconnaissait que Cunobar le Gris. Dans un coin, en face de Blade, une Dru en robe blanche à capuchon était assise, que la fumée faisait tousser de temps en temps. Blade ne voyait que ses mains ridées aux veines bleues qui maniaient prestement le pinceau et le pot de teinture. Elle écrivait sur de grands carrés d'écorce de bouleau pressée, et aux mouvements du pinceau Blade devina qu'elle traçait des caractères runiques. Ce devait être une secrétaire.

Lycanto, roi d'Alb, époux de la reine Alwyth, était assis au haut bout de la table avec Cunobar à sa droite et à sa gauche un guerrier trapu au crâne chauve. Tous ces hommes ignoraient Blade et parlaient de lui comme d'un animal étrange, curieux, mais qu'on ne pouvait prendre au sérieux.

— Il se dit sorcier, mais moi je vous répète que c'est un espion envoyé par Barbe-Rouge, et qu'il devrait mourir de la mort des espions. La flagellation.

C'était le guerrier assis à gauche de Lycanto qui venait de parler, en passant une main mutilée sur son crâne luisant, sans regarder Blade. Cunobar intervint :

— Cependant, la princesse Taleen se porte garante de lui. Elle affirme qu'il est sorcier et aussi qu'il l'a sauvée des hommes de la reine Beata, et d'un chien féroce.

Un homme grisonnant, au bas bout de la table, grogna :

— Pourquoi discutons-nous? C'est pourtant simple. Il y a une épreuve, que nous connaissons tous. Imposons-la lui.

Blade examinait Lycanto, car finalement son sort dépendrait du caprice du roi. Ce qu'il voyait ne le rassurait guère.

Lycanto, un homme dégingandé à la moustache blonde tombante dissimulant mal un menton fuyant, devait avoir quarante ans passés. Il avait de petits yeux pâles trop rapprochés, un long nez maigre au bout duquel perlait une goutte qu'il essuyait constamment. Il avait le regard sournois et ne prêtait pas plus d'attention à Blade que les autres.

Tous les hommes étaient assis sur des tabourets sauf le roi qui avait droit à un fauteuil à haut dossier, aux accoudoirs sculptés en forme de dragon, et lui seul portait un casque de métal sur lequel était gravée une couronne. Il était avachi sur son trône, la mine boudeuse, et ne cessait de boire d'une grande corne fichée devant lui dans un trépied de fer. Ses doigts spatulés et relativement propres pianotaient impatiemment sur la table. Blade eut l'impression que le roi était distrait et se demanda s'il songeait à sa reine Alwyth et aux manigances auxquelles elle se livrait dans les nuits sombres et brumeuses.

Lycanto parla soudain, d'une voix aiguë, geignarde, presque féminine.

— Non, ce n'est pas aussi simple, Bartho, répliqua-t-il. Sans la princesse Taleen, nous pourrions le soumettre à l'épreuve, ou le remettre aux Drus, qui s'en soucierait? Mais ce n'est pas si facile. La princesse le défend et...

— Une enfant! s'exclama avec un rire méprisant le chauve trapu chez qui Blade devinait déjà un ennemi. Votre cousine peut-être mais une enfant, qui peut être abusée par le premier gaillard venu. Et celui-ci n'a rien de repoussant, je vous l'accorde. Il doit avoir bien du succès auprès des filles! Mais à mon avis, il faut le tuer et n'en plus parler!

Lycanto se redressa et tourna vers l'homme des yeux chassieux et injectés.

— Ne m'interrompt pas, Horsa! Oublies-tu qui est le roi?

Blade, qui observait tout cela avec fascination, sans pourtant oublier que sa tête était en jeu, nota l'expression méprisante du nommé Horsa. Il ne semblait guère respecter son roi, celui-là!

— Je répète que ce n'est pas facile, poursuivit Lycanto. La princesse Taleen se porte garante de lui et non seulement elle est ma cousine mais la fille du roi Voth du Nord. Voth de Voth ! Je ne puis me permettre d'offenser Voth. Vous le savez tous. Il a beau être vieux, c'est un grand et puissant guerrier... Alors, si aucun de vous ne peut me conseiller, nous devrons le remettre aux Drus. Elles auront une solution.

— Que Thunor emporte les Drus ! clama Horsa en abattant un poing énorme sur la table. Et qu'il emporte Voth ! Voth ne me fait pas peur. Ni les Drus. Qu'est-ce que la parole d'une fille, même princesse ? Tuons le manant. Si nous nous trompons, si ce n'est pas un espion, la perte ne sera pas grande. Si j'ai raison, alors nous serons débarrassés d'un espion. En tout cas, nous n'aurons qu'à envoyer sa tête à Barbe-Rouge et nos propres espions nous diront comment il a réagi. Comme ça, nous saurons.

Ce fut encore Cunobar qui vint au secours de Blade, qui mit longtemps à en comprendre la raison. Les cheveux gris du capitaine brillaient à la lueur des torches. Il se leva et désigna Blade du doigt, sur quoi tous se retournèrent comme s'ils apprenaient seulement sa présence dans la salle.

— Moi aussi je l'ai pris pour un espion, au premier abord. Je l'ai dit à la princesse, et elle l'a nié. Si elle était ici, elle le nierait encore...

— Sans aucun doute, gronda Horsa. Il l'a ensorcelée. D'ailleurs elle ne peut être ici, la loi tribale l'interdit, et nous savons tous qu'elle souffre de la maladie de l'évanouissement.

— Voilà une chose que je ne comprends pas, marmonna Cunobar. Elle était en parfaite santé quand je l'ai escortée jusqu'à Sarum Vil... et un verre plus tard elle est malade, évanouie. Comment expliquer cela à Voth, Lycanto ? Il posera des questions, c'est certain.

Le roi pâlit, puis rougit mais ne dit mot. Il tendit la main vers sa corne de bière et but longuement. Au bout de la table, on grommelait. Blade reprit espoir; tout n'allait pas pour le mieux en Alb. Il y avait des faiblesses, de la dissension et de là viendrait sa chance. Quand elle se présenterait, il se promit de ne pas la manquer.

Cunobar leva une main pour imposer silence et reprit la parole. Blade l'écouta avec un étonnement croissant. Pourquoi Cunobar le défendait-il maintenant? Sur le chemin, il avait paru assez méfiant, soupçonneux. Il ne pouvait y avoir qu'une réponse : Taleen.

— Si nous nous disputons, nous n'arriverons à rien. Cette affaire doit être réglée immédiatement, car le temps presse et Barbe-Rouge est en route. Nous devrions marcher à sa rencontre mais nous nous attardons ici pour décider du sort d'un étranger. Je suis d'accord avec notre roi. Nous ne devons pas mécontenter Voth, ni la princesse. Mais où est le problème? Nous avons des lois, messeigneurs! Il nous suffit de soumettre l'étranger à l'épreuve du combat singulier, et il vaincra ou mourra. Ni la princesse ni le roi son père ne pourraient nous le reprocher.

Cunobar le Gris regarda autour de la table. Lycanto hochait la tête et l'approuvait. Horsa baissait les yeux. Les autres marmonnaient entre eux. Cunobar se tourna brusquement vers Blade et le regarda dans les yeux, comme pour lui communiquer un message. Mais Blade ne put comprendre ce que signifiait ce regard.

— Vous connaissez tous notre loi, reprit Cunobar. L'homme soumis à l'épreuve a le droit de choisir celui qu'il veut affronter.

De nouveau, ses yeux croisèrent ceux de Blade puis se déplacèrent imperceptiblement pour désigner Horsa.

— Je propose, proclama le guerrier aux cheveux argentés, que nous accordions à cet homme le droit de prouver sa valeur en combat singulier. Qu'il parle maintenant, et choisisse librement celui qu'il affrontera à mort. Levez les poings!

Huit poings se dressèrent aussitôt. Lycanto ne prit pas part au vote. Horsa hésita un instant, la mine sombre, et finit par lever le sien.

Blade avait maintenant la certitude que Cunobar s'était entretenu avec Taleen dans la journée. Il était sûr, aussi, que la princesse avait fait tout ce qu'elle pouvait pour lui. Tout comme Cunobar le Gris, quelles que fussent ses raisons. Maintenant c'était à lui de jouer. Mais ils lui avaient donné une arme : la parole.

Lycanto contempla longuement Blade avant de déclarer :

— Tu peux parler à présent, étranger. Mais les mots ne te sauveront pas la vie. Tu devras combattre à mort l'un de nous. Choisis ton adversaire.

Blade se leva. Il bomba le torse et se tint aussi droit que possible. Puis il avança jusqu'à la cheminée et pivota pour faire face à la table, les bras croisés et la tête haute. La Dru prit une nouvelle plaque d'écorce et trempa son pinceau dans le pot de teinture. Pendant un bref instant, Blade surprit la lueur de deux yeux vifs et intelligents dans les profondeurs du capuchon.

D'un air méprisant, Blade toisa l'assemblée. Un des molosses gronda; Lycanto le fit taire d'un coup de pied.

— Je suis un étranger, dit Blade, et je connais mal

vos coutumes. Le peu que je sais de vous me dit que vous êtes des hommes braves... et aussi des imbéciles!

Tumulte. Jurons. Horsa fit mine de se lever.

— Comment oses-tu, manant? Au sein de ce Conseil, tu as le front de...

— La paix, Horsa, interrompit Cunobar, tandis que Lycanto esquissait un sourire amusé. Nous l'avons prié de parler, alors laisse-le dire. Son heure viendra.

— Tu l'as dit, grogna Horsa en se rasseyant.

Blade reprit, d'une voix dédaigneuse :

— Si j'étais ce Getorix, que vous appelez Barbe-Rouge, j'aurais déjà vos têtes sur des pieux. Vous bêlez comme de vieilles femmes alors qu'il met chaque heure à profit. L'un de vous réclame ma mort, un autre veut m'épargner pour ne pas encourir la colère de la princesse Taleen et de son père. Alors vous ne faites rien. Vous parlez. Vous me laissez parler. Tandis que le temps passe et que Getorix se rapproche! Vous, roi, vous êtes le plus fou parmi les fous! Vous régnez et pourtant vous ne commandez pas. Vous laissez l'insolence impunie. Non seulement dans cette salle mais dans toute la ville. J'ai vu vos hommes boire et jouer aux dés et courir les filles alors qu'ils devraient se préparer au combat. Et vous plongez votre nez dans une corne de bière et ne faites rien. Sarum Vil est un bordel et vos soldats de la racaille. Si j'étais Barbe-Rouge je rirais et vous traiterais comme des femmes et non des guerriers. Ce ne serait peut-être pas commode, je l'avoue. Votre racaille et vous, roi, n'êtes même pas bons à violer. Je doute que Barbe-Rouge ait une armée d'invertis. Alors il se contentera de vous pendre ou de vous couper la tête, et donnera vos femmes et vos filles à ses hommes. On vous a dit que je suis un sorcier. C'est vrai. Je viens d'un pays lointain, dont vous ne savez rien. Je n'ai pas le temps de vous en parler, mais je suis bien un sorcier, si par là vous entendez un homme qui se sert de son cerveau. Je peux vous enseigner des ruses de guerre dont Barbe-Rouge n'a jamais entendu parler. Je peux vous enseigner un art et une organisation dont vous ignorez tout. Je puis vous rendre vainqueurs de Getorix, et je le ferai. Après avoir tué l'homme que je choisirai d'affronter en combat singulier. Mais je vous dis ceci, roi. Ce combat est une perte de temps, de temps précieux, et vous allez perdre un valeureux soldat. Mais je vois que vous y tenez, alors foin des discours oiseux. Je choisis celui que vous appelez Horsa. Et je demande à Cunobar le Gris d'être mon témoin et mon compagnon d'armes, ou quel que soit le terme que vous employez.

Silence. Tous le regardaient. Blade fit un grand pas vers Horsa et cracha à ses pieds.

— J'ai dit que j'ai choisi de te tuer! A moins que ton sang ne soit blanc, et dans ce cas j'en désignerai un autre!

Avec un rugissement de rage, Horsa se dressa d'un bond, abattit ses deux poings sur la table et gronda :

— Espion! Esclave, fils de catin accouplée à un bouc! Père de poux! Tu oses me parler ainsi? Moi, Horsa, champion de tous les Albiens! Que Thunor me damne si je ne mange pas ton foie ce soir!

Blade sourit froidement, ayant atteint son premier but qui était de pousser cet homme à perdre son sang-froid.

— Si tu te bats aussi bien que tu cries, Horsa, alors je suis un homme mort.

Puis il éclata de rire et cracha encore une fois.

Ce fut une explosion de clameurs. Seule la Dru demeura silencieuse dans le tumulte et continua d'écrire. Blade trouva le temps, dans ce vacarme infernal, de se demander qui lirait le récit de cette étrange rencontre.

Lycanto rétablit enfin l'ordre en frappant la table avec sa corne à bière. Tous se rassirent sauf Horsa qui, la bave aux lèvres, continua de foudroyer Blade du regard. Blade comprit qu'il l'avait rendu pratiquement fou de rage, et qu'il ne serait sans doute pas commode de le tuer.

— Tu as fait ton choix, étranger, dit Lycanto en hurlant pour se faire entendre dans le brouhaha. Cette nuit-même, tu te mesureras à Horsa. Mais je dois t'avertir que Horsa a dit vrai. Il est bien le champion de tous les Albiens. Il a fait plus de veuves que Thunor en personne.

— Et les a consolées! lança une voix railleuse. Dommage que l'étranger n'ait pas de femme. Le pauvre Horsa devra aller ensuite chez les catins, comme n'importe quel manant!

De gros rires sonores saluèrent ce propos. On lança à Horsa quelques plaisanteries salaces, et il finit par sourire aigrement et se rassit sans accorder un regard à Blade.

De nouveau, on ignora l'étranger. Le roi, qui devait l'estimer déjà mort, commanda de la bière et un repas gigantesque. Blade se félicita : plus ils festoyaient et buvaient, mieux cela valait pour ses projets. Finalement, un semblant de silence se rétablit. Horsa se tourna vers Lycanto.

— Puisque le manant m'a défié, j'ai le choix du lieu, n'est-il pas vrai, Lycanto?

— Nous savons tous cela, Horsa. Que choisis-tu?

L'homme se dressa. Il s'était calmé et toisait maintenant Blade avec mépris.

— Je choisis le cercle de feu. Qu'on le prépare. Je veux voir ce bâtard danser quand ses pieds commenceront à brûler!

Le roi donna un ordre et un homme d'armes quitta précipitamment la salle.

Cunobar le Gris leva alors une main. Lycanto imposa silence aux autres, d'un geste impérieux. Cunobar regarda Blade en souriant de l'air à la fois amusé et satisfait d'un homme qui a accompli précisément ce qu'il voulait. Blade, qui ne l'avait jamais pris pour un ami et qui avait été dérouté par son apparente défense, commença à comprendre. Cunobar désirait sa mort ou celle de Horsa, ou les deux, c'était évident. Peu importaient ses raisons; il ne pouvait que gagner.

— L'étranger me demande de lui servir de compagnon d'armes, de témoin. Je ne puis accepter. Il ne s'exprime pas en esclave, certes, mais rien ne prouve qu'il soit gentilhomme et je ne puis servir un manant. Cependant, selon notre loi, il a droit à un compagnon d'armes. Qui parmi vous acceptera de le servir?

Silence de mort. Personne ne regarda Blade qui rit et avança, les poings sur les hanches, jusqu'au bout de la table. Il n'eut pas besoin de forcer son rire. Il était sincèrement amusé, et sa voix grave se répercuta dans la salle comme celle d'une cloche de bronze :

— Je vois que vous êtes trop fiers pour servir un étranger en guenilles. Cela reflète mal l'hospitalité dont vous vous enorgueillissez, mais passons. Avec votre permission, donc, je choisirai mon homme. Il s'appelle Sylvo. C'est lui qui m'a gardé dans cette misérable hutte.

Des murmures, des questions coururent autour de la table.

— Sylvo? Qui est-ce?

— Ce nom me dit quelque chose, et rien de bon, mais je ne me souviens plus...

— Sylvo? J'en ai sûrement entendu parler. Est-il homme libre ou esclave? Un serf? Un paysan?

Un homme maigre aux cheveux roux se leva, en faisant une grimace amère.

— C'est un de mes hommes. Et je le regrette. C'est un bagarreur et un coureur de filles, un fieffé ivrogne aussi laid que le cul de Thunor. Mais il est assez valeureux et se bat bien et je l'aurais fait pendre depuis longtemps sans cela, tant il est voleur. Si tu veux te faire servir par un tel sacripant, à ton aise. Mais veille à ce qu'il ne vole pas ta seule paire de braies!

Des éclats de rire retentirent. Blade salua l'assemblée avec ironie. Lycanto fit un signe et des hommes d'armes surgirent pour le reconduire à la hutte. Horsa lui cria alors qu'il franchissait le seuil :

— Compte tes bourses, étranger! Je te jure que tu seras loin du compte quand tu te retrouveras dans les oubliettes de Thunor!

Seul mais sous bonne garde dans la hutte, Blade attendit impatiemment Sylvo. Quand l'homme apparut, il était à moitié ivre et avait la bouche barbouillée du rouge de quelque putain, mais ses petits yeux brillaient d'intelligence et d'excitation.

— Ar, mon maître! Vous leur avez rabattu le caquet et les langues de tout Sarum Vil vont bon train! Une chose est certaine, il va y avoir une grande foule pour vous voir mourir. Personne ne voudra manquer ça!

Blade le toisa froidement.

— Mourir, moi? Tu serais donc prophète, laid comme tu es?

Sylvo parut aussitôt dégrisé.

— Ma foi, mon maître, je ne suis pas prophète. Et tout compte fait, il se pourrait bien que ce soit les bourses de Horsa qui finissent au feu. Je l'espère, mon maître, car vous me plaisez bien — je vous pardonne le coup parce que je l'avais mérité — et que je n'aime guère Horsa. Il m'a fait fouetter un jour parce que je ne m'inclinais pas assez bas devant lui. Moi, un homme libre!

Blade rit et lui donna une claque sur l'épaule.

— Alors tu me seconderas?

Sylvo mit un genou en terre.

— Je vous servirai avec joie, mon maître. Je ne suis qu'un vaurien, un gibier de potence. Sans ma chance, mais Thunor favorise parfois les sacripants, j'aurais déjà été pendu et flagellé. Cependant il y a quelque chose chez vous, mon maître, que je ne comprends pas bien, mais qui me donne l'impression que je suis un homme, et aussi bon que le voisin. Ar, je vous servirai bien... quand bien même vous avez un poing aussi redoutable que la foudre de Thunor!

— Relève-toi! ordonna sèchement Blade. Ne recommence jamais cela. Reste debout en me parlant, et regarde-moi dans les yeux. Je suis le maître, tu es à moi mais je serai aussi juste avec toi que tu le seras avec moi. Et maintenant écoute-moi bien, entends ce que je te demande et vois si tu conserves ton courage.

Blade parla rapidement et fermement, à voix basse, s'assurant que Sylvo comprenait chaque mot. Tandis que l'homme écoutait, il louchait de plus en plus et son bec de lièvre devenait plus prononcé encore.

Finalement, il ôta son casque et gratta sa tête à moitié chauve.

— Ar, mon maître, on dirait que vous voulez notre mort à tous les deux. Nous ne serons jamais que pendus, si nous avons de la chance. Nous ne pouvons pas faire ça ! Ils se lanceront à nos trousses comme une meute de chien après un lièvre !

— Je ne crois pas. Tu oublies que lorsque j'aurai tué Horsa j'aurai un rang, de l'importance. Ils vont boire et manger à s'abrutir. Ce sera sans doute plus facile que tu ne le crois, Sylvo. Mais tâche de bien jouer ton rôle. Alors répète-moi ce que tu devras faire.

Sylvo sourit, montrant des chicots jaunis.

— Ce que j'ai souvent rêvé de faire, mon maître. Je pénètrerai dans le palais de la reine Alwyth, je me trouverai une fille à violer et... et cette partie-là, ça ne me plaît guère, mon maître.

Blade fronça les sourcils.

— Tu obéiras ! Tu *feindras* de violer. Et tu feras attention, Sylvo, sinon tu sentiras encore une fois mon poing. Tu feras semblant de violer cette servante, prends garde que ce soit bien une servante, et tu pourras peut-être déchirer un peu ses vêtements. Fais-lui peur. Laisse-la hurler. Plus elle criera fort, mieux cela vaudra car je veux qu'elle attire toute la maison. Si tu veux, tu peux te cacher la figure. A ton aise.

Sylvo loucha horriblement et son bec-de-lièvre frémit.

— Je masquerai ma beauté, mon maître, n'ayez crainte. La peine pour viol, c'est d'être bouilli tout vif et je ne suis pas un chapon. Mais si cela ne marche pas ? Si la reine Alwyth a drogué votre princesse elle peut aussi l'avoir bien cachée. Je ne pourrais guère rester longtemps, de peur d'être hâché menu par des femmes indignées.

— Je serai rapide, promit Blade. Et je ne pense pas que la reine ait caché Taleen. Elle doit faire croire à la maladie de l'évanouissement. Je la trouverai, je l'emporterai et je te rejoindrai aux écuries. Veille à avoir des chevaux tout prêts.

Sylvo fit le même geste en travers de la poitrine que Blade avait vu faire à Taleen.

— Que Thunor nous protège tous! Voler des chevaux, ce sera un autre crime sur ma conscience, et ce qu'il y a de pire, c'est qu'on vous punit en vous tranchant les bras et les jambes et en cousant votre torse dans un sac de serpents. Je suis assez laid comme ça, mon maître. Si nous ne réussissons pas...

— Ta conscience, Sylvo?

L'homme prit un air penaud.

— Manière de parler, mon maître.

Deux hommes d'armes, sous la conduite d'un sous-chef, entrèrent alors dans la hutte. Le sous-chef, ignorant Sylvo, s'adressa à Blade :

— Le cercle de feu est prêt, étranger. Vous allez nous accompagner à l'arsenal pour y choisir votre arme.

— Lui aussi, répliqua Blade en désignant Sylvo. Il sera mon témoin.

— Si vous voulez, mais hâtez-vous. Horsa s'impatiente.

Alors qu'on les escortait dans la nuit noire et humide, Blade chuchota à Sylvo :

— Ce Horsa, comment se bat-il? Avec quelle arme?

— Il a une grande hache de bronze, mon maître. Il aura aussi un bouclier mais comme il passe toujours à l'offensive il ne sait guère s'en servir. Mais avec la hache de bronze, c'est un démon. Il l'a nommée Aesculp, la fracasseuse de crânes, et bien nommée! Elle a un long manche et deux tranchants et je ne pourrais même pas la soulever. Je doute que vous puissiez vous mesurer à lui à la hache, mon maître.

Le hasard voulait que Richard Blade, dans sa précédente vie, eût manié la hache de guerre avec adresse. Il s'était passionné pour les armes anciennes, et leur utilisation. Membre du Club Médiéval, et alors que d'autres se maintenaient en forme en boxant, en jouant au tennis ou au handball, il avait passé de nombreux après-midi à simuler des combats à la lance et au glaive, à la hache et à la masse d'arme, à l'arc et à l'arbalète.

Mais ce serait effectivement de la folie que d'essayer de jouer le jeu de Horsa. Dans l'arsenal, il choisit un solide bouclier de bronze et de cuir capable de faire dévier un coup, puis une épée presque aussi grande que Sylvo, à la poignée que l'on tenait à deux mains. Elle était de fer mince, pointue et bordée de bronze, d'un poids extrême. Mais Blade la souleva sans peine.

Il entendait maintenant la rumeur de la foule assoiffée de sang. Le sien. Blade sourit. Cela pourrait changer. Il connaissait assez bien la populace. Que le sang de Horsa coule le premier, et celle-ci changerait de ton. C'était du sang qu'elle voulait, et au fond peu lui importait lequel.

Le sous-chef grommelait des jurons impatients mais Blade tint à affûter la longue épée. Horsa pouvait bien attendre, et s'interroger. Chaque instant de retard favorisait Blade.

Il y avait là une grande meule, de l'eau et de l'huile de poisson. Avec soin, prenant volontairement tout son temps, Blade aiguisa la lame. Enfin il fut satisfait du tranchant, et ils quittèrent l'arsenal.

CHAPITRE VI

Tout Sarum Vil se massait sur la place et alentour et la foule était si compacte que pour une fois les conducteurs de chars ne pouvaient se faire la course. Entourant Blade et Sylvo, les hommes d'armes jouèrent des coudes, des pieds et des mains pour se frayer un passage dans la cohue hurlante. Certains insultaient Blade, d'autres l'encourageaient et une femme ivre voulut lui mettre de force dans la main une corne de bière. Sylvo recevait sa part d'injures et les rendait au centuple.

Ils parvinrent enfin au cercle de feu. Des fagots et de la poix avaient été disposés et arrosés d'huile de poisson et déjà l'anneau de flammes fulgurait comme un œil démoniaque regardant du fond des enfers le ciel bas et sombre.

Le trône de Lycanto avait été transporté de la grande salle et le roi y était assis, une corne de bière à la main, entre ses capitaines et conseillers. Tous se retournèrent lorsque Blade apparut. Derrière le trône, dans l'ombre, il entrevit une silhouette encapuchonnée parmi un groupe de femmes. La reine Alwyth?

Un rugissement de tonnerre monta de la foule. D'un bond, Horsa venait de franchir les flammes et avançait au centre du cercle. Toute la scène avait une somptuosité barbare que Blade ne put s'empêcher d'admirer.

Horsa avait négligé de mettre un casque, puisque Blade n'en avait pas, et son crâne chauve luisait à la lueur du brasier. Il avait les jambes nues, des sandales lacées haut et un long manteau écarlate richement brodé, retenu au cou par une fibule d'or. Il portait au bras gauche un petit bouclier rond et à la main droite une gigantesque hache de bronze.

Horsa sourit à la foule en délire et fit des moulinets avec sa hache. Blade, examinant davantage l'arme que l'homme, constata qu'elle était parfaitement équilibrée et munie d'un manche assez long pour lui donner une portée terrible; les deux tranchants scintillaient comme des rasoirs fraîchement aiguisés.

Il me faudra frapper d'estoc, pensa Blade. Il doutait que l'homme connût les finesses de l'escrime mais mieux valait être prudent, l'épuiser d'abord par des feintes et puis y aller de la pointe.

Horsa ôta son manteau rouge et le jeta à terre. Il apparut le torse nu, la poitrine couverte d'une épaisse toison noire. Il était plus petit que Blade, moins parfaitement musclé, mais sa force devait être considérable malgré tout.

Horsa, appuyé des deux mains sur sa hache, toisa Blade par-dessus les flammes et cria :

— Tu dis que j'ai du sang blanc, étranger? Et le tien? As-tu trouvé une affaire urgente t'appelant ailleurs? Tu voudrais peut-être aller faire ton rapport à ton maître, Barbe-Rouge? Ha! J'ai des droits sur tes bourses, que je vais trancher et jeter au feu!

La foule rugit et rit aux éclats. Blade ne répondit pas. Le roi Lycanto eut un mouvement d'impatience.

— Rappelle-toi bien ce que je t'ai dit, chuchota Blade à Sylvo. Dès que j'aurai tué Horsa, je demanderai à m'isoler, pour me reposer et souper, donc je pourrai te rejoindre. Je serai tout près et quand j'entendrai les cris j'entrerai et m'emparerai de la princesse. Tu sauras ce qu'il te reste à faire?

— Prendre mes jambes à mon cou, mon maître!

— C'est bien. Sers-moi fidèlement, et tu ne le regretteras pas.

Sylvo fit une grimace.

— Je le regrette déjà, mon maître, mais il est trop tard. Regardez... Horsa vous raille encore!

Blade sauta par-dessus le brasier et avança vers son adversaire. Il salua Lycanto avec son épée, sans quitter Horsa des yeux et il fit bien car, poussant un grondement de rage, Horsa bondit. La hache en tournoyant refléta les flammes, traçant autour de la tête de Blade un anneau scintillant qui semblait chanter un hymne de sang et de mort.

Sylvo, tremblant, murmura une promesse à Thunor :

— O Thunor, accorde la victoire à mon maître et je fais vœu de ne pas voler pendant un an! Je te le jure! Je le jure sur mon âme noire et tortueuse!

Horsa repartit à l'attaque avec une fureur sauvage. Au début, Blade ne put que parer et rompre dans le cliquetis sonore des armes entrechoquées. Des flammes lui léchèrent le dos tandis qu'il esquivait à droite et à gauche, parant parfois un coup mortel tout en évitant de reculer dans le feu.

La foule, sentant approcher la tuerie, hurlait comme une hydre assoiffée de sang. Il y avait beaucoup d'allusions aux bourses de Blade et on ne cessait de crier à Horsa de les trancher pour les jeter au feu.

Soudain, avec un rictus sauvage, Horsa changea de tactique, se baissa et, maniant sa hache comme une faux scintillante, il visa l'aîne de son adversaire. Ce faisant, il se découvrit et Blade aurait eu l'occasion de frapper de la pointe et de mettre déjà fin au combat, mais il hésita — sa chance s'était présentée trop vite — et se contenta de balancer horizontalement la lourde épée. La pointe seule effleura la chair et fit perler le sang sous le menton de Horsa, qui rompit lestement en marmonnant des injures obscènes, puis il revint à la charge avec une rage renouvelée.

Blade avait pensé fatiguer Horsa — il était impensable que l'homme pût tenir longtemps avec une telle frénésie — mais l'autre ne donnait aucun signe d'épuisement. Il repoussait Blade tout autour du cercle de feu, la hache géante tournoyait tandis que Blade feintait et reculait de son mieux. Les chocs de la hache sur l'épée résonnaient comme les coups d'un marteau monstrueux sur une enclume et à deux fois Blade faillit lâcher son arme, une mésaventure qui lui aurait simplement permis de choisir sa mort : la hache, le feu ou les épées au-delà. Car Lycanto avait donné des ordres, la foule avait été repoussée et un cercle d'hommes d'armes avait été posté, l'épée dégainée et pointée. Si l'un des combattants, par lâcheté, tentait de franchir les flammes ce ne serait que pour mourir sous les coups d'épée. Ce devait être un duel à mort et Lycanto entendait ne pas en être frustré.

De longues minutes s'écoulèrent. Et Horsa ne se fatiguait toujours pas. A un moment donné, cependant, il s'appuya sur le manche de sa hache et passa son bras sur son front ruisselant, tout en défiant Blade :

— Viens donc te battre, espion ! Bâtard couard, fils

de charognard ! Viens donc en finir ! Tu n'échapperas pas à Aesculp qui fera de toi un eunuque !

Blade, économisant son souffle, ne répondit pas mais bondit et frappa puissamment en tenant l'épée à deux mains, avec une gaucherie voulue. Il n'avait pas encore frappé d'estoc car il désirait endormir la méfiance de l'adversaire. Aussi, lorsque Horsa éluda adroitement le coup, Blade feignit de trébucher et de perdre l'équilibre. Horsa hurla de rire et revint à l'attaque.

Mais Blade remarqua que, cette fois, il avait besoin de ses deux mains pour manier la lourde hache. Horsa avait jeté son bouclier, au mépris de toute protection, et recommença à pousser Blade vers les flammes en décrivant des aller-retour flamboyants et sifflants.

La foule se taisait à présent, les injures et les quolibets devenaient plus rares, et nombreux étaient maintenant ceux qui s'adressaient à Horsa. Rien ne plaît davantage à la populace que la chute d'un héros, et si elle n'encourageait pas encore Blade ouvertement, déjà Horsa n'avait plus sa faveur.

Sylvo, marmottant tout bas, renchérit sur sa promesse d'abstention de vol et la porta à deux ans.

Le combat durait depuis plus d'une demi-heure et Blade n'était guère moins fatigué que Horsa. Son bras s'alourdissait, ses poumons étaient douloureux, la sueur l'aveuglait et son dos portait de nombreuses brûlures mais il se jugeait quand même en meilleure forme que son adversaire. Cependant, il était au bord de l'épuisement et se dit qu'il devait frapper maintenant, rapidement, ou pas du tout.

Horsa porta un coup de revers terrible et Blade passa sous la hache. Horsa trébucha pour la première fois ; il s'étala de tout son long, la hache de bronze lui échappa et Blade se précipita pour mettre un pied sur le manche. Horsa, à genoux, à six pieds de son arme, regarda Blade d'un air simplement étonné. Et Blade comprit que cet homme ignorait la peur.

Un soupir monta de la foule, qui attendit alors la fin. Blade se baissa vivement pour ramasser l'immense hache de bronze. Il la soupesa, admirant son parfait équilibre.

Horsa se releva, face à Blade. Sa figure, un horrible masque de peinture bleue et de sang, avait une expression résignée. Il leva les yeux au ciel et se mit à chanter d'une voix rauque et basse, ignorant Blade tandis qu'il entonnait son chant de mort à Thunor.

Blade ne voulait pas vaincre de la sorte. Pour se tailler une réputation, pour devenir une légende, la fin d'un combat épique devait l'être aussi. Il ne manqua pas cette occasion si bien offerte et ce fut avec un mépris superbe qu'il lança la hache aux pieds de Horsa en lui criant :

— Reprends ton jouet! Il ne sera pas dit que j'ai frappé un ennemi désarmé. Rien ne souillera ma victoire!

Les mots avaient été bien choisis. Outragé, fou de honte, Horsa s'empara de la hache et courut sur Blade avec un rugissement dément. Ce fut en invoquant Thunor qu'il attaqua, et le double tranchant de bronze siffla à l'oreille de Blade.

Enfin, Blade frappa d'estoc. Il se fendit largement. osant cette fois tenir la lourde épée d'une seule main, et enfonça le fer de six pouces dans l'épaule gauche de Horsa.

La foule retrouva sa voix et poussa des clameurs délirantes. Horsa rugit, plus de rage que de douleur, et faillit décapiter Blade d'un revers. Après sa fente,

Blade avait été légèrement déséquilibré et faillit bien payer de sa vie cette maladresse.

Rompant lestement, il parvint à faire pivoter Horsa qui, pour la première fois, se trouva acculé au brasier. Un mauvais sourire fendit la face luisante et mangée de barbe de Blade.

— J'espère que le feu est assez chaud pour toi en cette nuit fraîche, Horsa. C'est un avant-goût de ce qui t'attend.

Il se fendit à nouveau. Horsa tarda à parer et l'épée le toucha au ventre; il était maintenant à moins d'un empan des flammes crépitantes et ne pouvait plus rompre. Il avait le regard fou, il respirait à grandes goulées frémissantes et pourtant il se battait toujours. Chaque fois qu'il tentait d'esquiver à droite ou à gauche, Blade le ramenait vers le feu à petits coups de pointe d'une épée vive comme la langue d'un serpent. Horsa ruisselait de sang et de sueur, et une odeur de chair grillée montait dans la nuit sombre.

La hache luisit dans le rougeoiement du brasier tandis que Horsa la balançait encore une fois. Ce fut un coup maladroit que Blade évita aisément. Alors il jugea le moment venu. Tenant devant lui la lourde épée comme une lance, à deux mains, il bondit et enfonça la lame de toutes ses forces déclinantes dans la poitrine de son adversaire.

Horsa recula dans les flammes. Il y resta planté, les jambes dans le feu qui grillait les poils et noircissait les chairs. Horsa ne semblait pas souffrir, tandis qu'il brûlait vif. Il chercha encore frapper Blade, et se remit à psalmodier son chant de mort.

Écœuré, frappé par tant de courage, Blade ne songeait plus qu'à en finir miséricordieusement. Il frappa Horsa au cœur, le manqua et, d'un revers de lame lui trancha le poignet droit.

La main toujours crispée sur le manche de la hache tomba dans le feu. Horsa, tout environné de flammes, se pencha calmement et la ramassa de la main gauche. Une fontaine de sang jaillit de son poignet droit. Son corps était noirci, ses chairs se recroquevillaient, par endroits on voyait apparaître les os. Et malgré tout, il poursuivait son combat. Soudain, poussant un hurlement de rage et de défi, il bondit du brasier et tenta de saisir au corps son ennemi victorieux pour l'étouffer dans les flammes mêmes qui le consumaient.

En sueur mais grelotant, fiévreux, épuisé, Blade leva l'épée et laissa Horsa se jeter dessus. Et Horsa mourut, jetant dans un dernier geste de défi sa hache monstrueuse vers Blade.

Les vociférations de la foule se turent. Blade contempla le cadavre. Il ne pouvait se résoudre à mutiler un aussi fier et courageux adversaire, bien que Sylvo lui eût dit que la coutume était de trancher les testicules du vaincu pour les jeter au feu. Certains même les mangeaient, pour en tirer des forces nouvelles et un courage accru.

Il ramassa la hache de bronze, la brandit au-dessus de sa tête et hurla :

— En tant que vainqueur, je réclame cette hache! Aesculp est son nom et Aesculp elle demeurera. Horsa était un homme brave et un puissant guerrier. Je réclame aussi son manteau, que je porterai avec fierté.

Blade se revêtit du long manteau écarlate, et assujettit la fibule d'or. Puis, très digne, il se tourna vers Lycanto et ses nobles. Certains lui sourirent, d'autres restèrent méprisants. Lycanto plongea le nez dans sa corne de bière.

On avait dispersé des braises, pratiqué un chemin dans le cercle de flammes, et Blade avança vers le trône. Il salua le roi avec la hache puissante. L'heure de la ruse et du mensonge sonnait. Il devait créer une image, élaborer un édifice dépourvu de réalité. Quand ils s'apercevraient qu'ils avaient été dupés, il devrait être loin, sur la route de Voth avec la princesse Taleen.

Sylvo lui avait parfaitement fait la leçon, et Blade n'en avait rien oublié. Il poursuivit son avantage :

— J'ai tué Horsa en combat singulier juste et loyal. L'admettez-vous?

Lycanto hocha lentement la tête d'un air sombre, et contempla sa bière. Les hommes qui l'entouraient s'agitèrent et murmurèrent entre eux. Ce fut Cunobar qui répondit enfin, mais il avait le regard dur et semblait déçu. Une fois de plus, Blade s'interrogea sur les sentiments de cet homme.

— Nous l'admettons.

Blade s'inclina légèrement devant le roi.

— Dans ce cas, conformément à vos lois, j'hérite tous les biens de Horsa. Sa maison, ses armes, son bétail, ses femmes et ses serfs. Tout ce qui était à lui est désormais à moi. L'admettez-vous aussi?

— Nous l'admettons, répliqua Lycanto. Mais tu te trompes quand tu parles de femmes. En Alb, on ne peut en avoir qu'une. Et Horsa n'en avait pas, tu es donc volé de ce côté. Mais tout le reste t'appartient, selon notre loi. Mais la loi exige que tu sois mon vassal, que tu combattes pour moi et avec moi et que tu te soumettes à mon bon plaisir. L'admets-tu?

Blade s'inclina derechef, un peu plus bas.

— Je l'admets, sire. Mais je demande l'autorisation de parler de tout cela une autre fois. Je suis las, j'ai grand faim et grand soif, et n'aspire qu'à me retirer dans ma nouvelle maison pour me reposer. Me l'accordez-vous?

Tout en parlant, Blade fouillait du regard la cohue, cherchant Sylvo. S'il avait obéi, il ne devrait pas être en vue. En ce moment même, il devrait être aux écuries.

Aucune trace de Sylvo. On emportait le cadavre de Horsa sur une civière grossière. Personne, pas même ceux qui le portaient, ne prêtaient attention aux restes calcinés du héros. Horsa était mort, vive son vainqueur. Serrant les dents, Blade maîtrisa sa nausée et s'efforça d'oublier la civilisation qu'il avait connue. Il était en Alb, à présent.

S'inclinant une dernière fois mais sans aucune servilité, il se retourna, la lourde hache sur l'épaule.

— J'ai déjà perdu mon vaurien de serviteur. Sans doute est-il trop occupé à voler des bourses. Quelqu'un aurait-il l'obligeance de me conduire jusqu'à ma nouvelle maison?

Les nobles marmonnèrent entre eux mais aucun ne se proposa. Blade sourit.

— Devrais-je la chercher moi-même? Je risque de me tromper et d'avoir à me battre encore et j'en suis incapable. Je tombe de sommeil.

De nouveau, ce fut Cunobar le Gris qui vint à son secours et, encore une fois, Blade se demanda pourquoi.

— Je vais te montrer le chemin. En m'excusant du manque de courtoisie de mes pairs. Ils ont tous parié lourdement sur Horsa, et se retrouvent soudain plus pauvres. Cela les aigrit. Suis-moi, Blade, je te conduirai à la maison que tu as gagnée.

Ils jouèrent des coudes dans la foule, Cunobar en

tête pour écarter les curieux qui se pressaient pour voir Blade de près, à la lueur des torches.

— Ils ont tous parié contre moi? Et toi, seigneur Cunobar?

— Sur vous deux. Pour le sport, pas pour l'argent. Cela m'amuse de temps en temps. Je ne peux pas perdre.

— C'est vrai, dit Blade en riant. Mais qui ne risque rien n'a rien.

Cunobar ne répondit pas. Il s'engagea dans une étroite ruelle boueuse qui sentait l'ordure. Blade le suivit, en pensant que la nuit n'était pas trop avançée et qu'il avait encore plusieurs heures d'obscurité devant lui; il allait en avoir besoin.

Ils traversèrent une rue transversale, aussi étroite que la ruelle qu'ils suivaient. Une grande maison de bois se dressait au coin, illuminée par de nombreuses torches.

— Une belle demeure, observa Blade. Qui habite là?

— La reine Alwyth et ses femmes. Je t'avertis tout de suite. Ne t'approche pas de cette maison. N'y entre jamais; c'est interdit par la loi, et puni de mort. Seul Lycanto peut y pénétrer, et seulement avec la permission de la reine.

Blade réprima un sourire. Pauvre Sylvo. Il allait mettre son vilain nez dans un nid de frelons. Et lui aussi.

CHAPITRE VII

Blade était couché à l'ombre sur une épaisse couche de gazon dans une petite clairière, à demi caché dans les ronces et les bruyères. Une lumière verdâtre baignait cette retraite, sauf à l'endroit où un rayon de soleil perçait le feuillage.

Elle se dressait dans le rayon doré, vêtue de blanc, ceinturée d'écarlate, tenant devant elle comme une offrande la longue épée d'or. Blade ne voyait pas ses yeux dans l'ombre du capuchon mais il savait qu'elle le regardait avec une étrange et brûlante intensité qui fit battre son cœur. Il se sentit saisi d'un violent désir sexuel.

C'était la Dru, la Grande Prêtresse qui avait sacrifié la servante dans la clairière sacrée, et Blade prononça son nom comme s'il l'avait toujours connu.

— Drusilla! Viens à moi.

Elle hocha lentement la tête, planta son épée en terre et rabattit son capuchon. Blade eut le souffle coupé. Lentement, les mains tendues vers lui, elle s'approcha et le rayon de soleil avança avec elle. Ses cheveux d'argent dansaient autour du visage ovale à la peau crémeuse et à la bouche rouge humide et ses yeux étaient d'or comme l'épée. La longue robe blanche révélait les rondeurs de ses seins frémissants et de ses longues cuisses sveltes.

Elle s'arrêta devant lui, levant une main vers le devant de sa robe. Une seule boucle maintenait le vêtement.

— Comment connais-tu mon nom?

Sa voix était cristalline comme des clochettes féériques, et cependant grave et railleuse. Fou de désir, Blade se redressa en ouvrant les bras.

— Je ne sais pas... Je le connais, c'est tout. Mais ne parlons pas. Viens, Drusilla, couche-toi là.

Les yeux d'ambre le dévorèrent et la main légère joua avec la boucle de la robe, mais elle secoua la tête.

— Non, Blade. Ce n'est ni le moment ni le lieu. Mais je ne veux pas te repousser tout à fait. Désires-tu goûter au paradis? Apercevoir les trésors qui seront peut-être tiens un jour? Parle et il en sera ainsi.

— Je meurs de soif, gémit Blade, et tu m'offres des promesses. Tu es cruelle, Drusilla!

Elle sourit, moqueuse; il eut soudain l'impression que ses dents s'étaient allongées et si elle était toujours aussi ravissante elle avait maintenant la beauté d'un animal. Elle s'agenouilla à côté de lui, dégrafa sa robe et lui offrit ses seins veinés de bleu aux pointes brunes, blancs comme du lait et fermes comme du marbre, et aussi froids au toucher. Il les caressa, s'étonnant de cette froideur. Un vers lui vint soudain à l'esprit — *la belle dame sans merci* — et si les paroles et le langage lui étaient familiers il n'en comprenait pas la signification. Elle se pencha plus près de lui. Les yeux d'or se fermèrent à demi et elle gémit :

— Tête-moi, Blade. Mes seins sont lourds du lait du péché mortel. Tête-moi, bois mon lait et la moitié de mes péchés seront les tiens. Le fardeau nous sera moins lourd.

Le mamelon était dans sa bouche, dur et glacé, mais il ne suça pas. Il était saisi d'une grande frayeur, et d'un immense désir, et ses reins le trahissaient et il se tordit dans un spasme en gémissant...

Maître! Mon maître! Réveillez-vous! Vos maudits soupirs sont un signal... ils vont nous tomber dessus dans l'heure! Réveillez-vous. Et taisez-vous, si vous tenez à notre peau!

Richard Blade ouvrit les yeux et vit Sylvo. Pas de clairière verdoyante, pas de Grande Prêtresse succube. Ils étaient cachés dans les marécages, sur une étroite bande de boue au-dessus de l'eau, dissimulés par de grands roseaux, sous un ciel bas sans soleil. Des échassiers passaient, volant à ras de terre et, non loin, les trois chevaux arrachaient des touffes d'herbe rare et salée.

Blade se frotta les yeux et passa une main dégoûtante dans ses cheveux emmêlés. Les choses s'étaient assez bien passées, la diversion avait marché et il avait pu emporter Taleen de la maison de la reine sans incident, mais ensuite il y avait eu un tel chaos d'improvisations fébriles qu'il avait bien failli désespérer.

Cependant, ils avaient pu fuir Sarum Vil — Blade avait dû tuer deux hommes d'armes et Sylvo avait abandonné sa dague dans le ventre d'un troisième — et ils avaient suivi tant bien que mal des sentiers et des chaussées, dans la nuit et le brouillard, pour arriver jusque là. C'était un miracle dont Blade était fort reconnaissant à Sylvo, qui les avait bien guidés.

Il gratta sa joue mangée de barbe drue et se leva.

— Je faisais un cauchemar, avoua-t-il. J'ai parlé très fort?

Sylvo retroussa son bec de lièvre en une affreuse grimace.

— Assez pour réveiller les morts, mon maître. Ce que nous serons bientôt si nos poursuivants sont dans les parages. Ar, s'il y avait de la lune, je dirais qu'elle vous a fait perdre l'esprit! Qui est Drusilla, mon maître? Ce nom me dit vaguement quelque chose.

— Je ne sais pas. Un fantôme dans un rêve, rien de plus. Qui peut savoir d'où viennent les rêves? Peu importe! Comment va la princesse? Pas encore réveillée?

Sylvo secoua la tête.

— Toujours pas. Elle dort comme un bébé, mais jamais bébé en bonne santé n'a dormi aussi profondément. Nous devons la réveiller, mon maître, sinon je crains qu'elle rouvre les yeux dans le domaine de Frigga.

Blade alla se pencher sur Taleen, recouverte par le manteau écarlate de Horsa. Ses longs cheveux roux sombre étaient emmêlés, ses traits pâles et tirés, et elle avait sous les yeux de grands cernes violacés. De la sueur perlait à son front. Blade s'accroupit et l'essuya délicatement avec un pan du manteau. Il maudissait la reine Alwyth, et s'en voulait d'avoir dormi. S'il avait remarqué cette fièvre plus tôt...

— Je pourrais lui faire une potion, mon maître, hasarda Sylvo en regardant autour de lui. Ce ne sont pas les herbes nauséabondes qui manquent par ici. Cela la ferait vomir, et débarrasserait son ventre du poison qui fait dormir. Nous n'aurions rien à perdre car je pense qu'elle est en train de mourir, déjà.

Blade s'emporta :

— Tu serais donc médecin? Et qui me dit que tu ne l'empoisonneras pas davantage?

Sylvo s'activait déjà. Il alla aux chevaux et revint avec un petit chaudron de bronze. Sans regarder Blade, il marmonna :

— Quand j'ai vu que vous alliez gagner, mon maître, j'ai fait un petit saut rapide chez Horsa pour rassembler quelques ustensiles. Ce n'était pas du vol, Thunor le sait, puisque je savais que bientôt ce serait à vous. Et comme je suis votre serviteur, j'y avais droit.

— Je sais, répliqua sèchement Blade. Je n'ai passé que quelques minutes dans cette maison mais j'ai pu voir qu'elle avait été pillée. Nous en reparlerons. Qu'est-ce que cette potion?

Sylvo remplit le chaudron d'eau saumâtre et y ajouta une petite poignée de boue. Puis il y émietta quelques feuilles pourries qu'il saupoudra d'une poudre brune tirée d'une belle bourse neuve qu'il portait à la ceinture. Après quoi, un couteau à la main, il fouilla la terre et le feuillage avec application.

— Ah! cria triomphalement Sylvo.

Il se redressa, portant à la pointe de son couteau un crapaud gigotant. Rapidement, il le coupa en menus morceaux qu'il jeta dans le chaudron; puis ce fut au tour de quelques vers bien pilés, et finalement il touilla vigoureusement l'ignoble mixture en souriant fièrement à Blade.

— Ma potion est célèbre, mon maître. Personne en Alb ne sait en faire d'aussi mauvaise. Je jure qu'elle viderait un cheval.

— J'ai bien envie de t'y faire goûter d'abord.

Il eut l'impression que Sylvo pâlissait sous sa crasse.

— Que non, mon maître! Ne la gaspillez pas. Il n'y en a pas beaucoup et d'ailleurs ce n'est pas moi qui me meurs. Venez, mon maître, tenez la bouche de la demoiselle ouverte, que je puisse la verser dedans.

Blade épongea encore une fois le front de Taleen, puis il lui souleva la tête tandis que Sylvo penchait le chaudron. Taleen toussa, s'étrangla, avala et s'étrangla encore.

— Un instant! ordonna Blade. Laisse-là respirer!

— Il faut qu'elle prenne tout, mon maître! protesta Sylvo. Soulevez-la encore un peu, que ça lui glisse plus aisément dans le gosier.

Ils finirent par verser la dernière goutte de l'abominable concoction dans la gorge de Taleen qui avait encore pâli. Soudain, elle roula sur le côté et se mit à vomir. Sylvo fit un bon en arrière.

— Ça marche, mon maître! Je vous l'avais dit.

Taleen, secouée de grands hoquets, continua de se débarrasser du poison, à grand renfort de gémissements, et de protestations. Enfin, elle ouvrit les yeux et regarda Blade avec frayeur et stupéfaction.

— Vous? Blade! Que faites-vous là? Et moi? Où sommes-nous?

Il la mit debout, la força à se pencher en la soutenant et lui massa doucement le ventre.

— Vous avez été malade, Taleen. Maintenant vous allez guérir. Voilà... Rejetez tout. Tout. Videz votre estomac.

Elle se laissa aller, les jambes molles, les cheveux pendant autour de sa figure, gémissant entre ses hoquets et ses haut-le-cœur :

— Je me meurs, Blade! Laissez-moi mourir! Que Frigga m'emporte, je suis trop malade! Que Frigga vous maudisse, Blade, si vous ne me laissez pas mourir en paix!

Sylvo, retiré à l'écart, contemplait son œuvre avec une immense fierté.

— Ne vous l'avais-je pas dit, mon maître? C'est bien la demoiselle la plus malade que j'ai eu l'honneur de regarder vomir en toutes mes années de péché!

Taleen, altière jusque dans la souffrance, releva la tête pour le foudroyer du regard.

— Qui est ce vilain gibier de potence? Comment ose-t-il parler ainsi? Vous permettez une telle insolence, Blade? Apprenez-lui le respect ou je...

Une nouvelle crise l'interrompit.

— Va seller les chevaux, Sylvo, ordonna Blade. Nous ferions bien de partir dès que la princesse pourra se mettre en selle.

Sylvo parut soucieux.

— L'obscurité nous servirait mieux, mon maître.

— Fais ce que je te dis! Je crois que nous ne risquons plus rien. S'il y a eu une poursuite elle a été brève et peu enthousiaste. Lycanto et ses Albiens doivent s'inquiéter de Barbe-Rouge et du danger qu'ils courent. Peux-tu nous guider vers le nord à travers ces marais?

— Ar, mon maître, n'ayez crainte! Je les connais comme le creux de ma main. A une vingtaine de kils au nord d'ici, nous retrouverons la forêt.

Blade hocha la tête avec satisfaction.

— Parfait. Lycanto doit marcher vers l'est ou le sud pour rencontrer Barbe-Rouge. Il ne peut distraire aucun homme pour nous rechercher. Il se peut que la demoiselle revoie son père, après tout.

Taleen se tenait maintenant debout toute seule, appuyée contre un tronc d'arbre rabougri, et les couleurs commençaient à revenir à ses joues blêmes.

— Vous avez entendu? Nous allons nous diriger

vers le nord, vers Voth. Vous sentez-vous capable de monter à cheval?

Elle le toisa avec arrogance; visiblement, sa guérison était en bonne voie.

— J'ai entendu, Blade! J'ai été empoisonnée, pas rendue sourde! Mais comment puis-je monter?

Elle baissa les yeux sur sa courte tunique de fine toile, la même que la veille, qui était maintenant frippée et souillée, mais là n'était pas le problème. Blade, en apprenant ce qui la troublait, étouffa un juron.

— Ma jupe est trop courte. Si je chevauche, je montrerai tout à votre sacripant de malheur. Je ne peux pas monter à cheval, Blade.

Il sentit la colère le gagner mais se retint de crier.

— Vous allez monter, Taleen, je vous en donne ma parole! Et autre chose... Nous devons beaucoup à ce sacripant. Je ne veux plus vous entendre parler de la sorte. Il s'appelle Sylvo, et vous vous adresserez à lui ainsi. Il sait se tenir à sa place. Alors tâchez d'être polie. Vous êtes princesse, je sais, mais ici et maintenant c'est moi qui commande, jusqu'à ce que je vous remette entre les mains de votre père. C'est bien compris?

Elle leva le menton et ses yeux bruns fulgurèrent mais il vit qu'elle était au bord des larmes. Elle n'était après tout qu'une enfant, comme l'avait dit le défunt Horsa.

Sylvo, qui avait les oreilles aussi longues que le nez, n'avait rien perdu de cette conversation. Il entraîna Blade à l'écart et lui chuchota quelques mots. Blade sourit, en lui donnant une grande claque dans le dos.

— J'espère que Thunor te pardonnera tes vols, graine de potence. Moi je te les pardonne. Va chercher tout cela immédiatement. Et mille mercis. Je n'y aurais pas pensé.

— J'ai une grande expérience des femmes, mon maître. Leur cervelle ne marche pas comme celle d'un homme. Avec elles, il faut penser aux choses simples.

— Va donc, et fais-moi grâce de tes conseils. Il est temps de repartir.

Sylvo revint avec divers objets qui lui valurent les remerciements boudeurs de Taleen. Il déposa devant elle un peigne de bois — dont elle s'empara immédiatement — un miroir de bronze poli et un nécessaire à coudre contenant des aiguilles d'os, du fil et de la laine. Blade indiqua le bas de la tunique plaquée sur les cuisses fuselées.

— Quelques points ici, et vous aurez une culotte. Votre pudeur sera sauve. Dépêchez-vous. J'ai hâte de rencontrer Voth, votre père, et de me débarrasser de vous.

Elle lui tourna le dos.

— Vous êtes plus insolent que jamais, à ce que je vois. Moi aussi, j'espère arriver bientôt à Voth, pour vous faire fouetter. Et votre misérable serviteur avec vous.

Blade sourit. Elle n'était plus du tout malade et la vraie Taleen reparaissait, parfaitement insupportable.

Toute la journée, ils chevauchèrent par les marécages brumeux, Sylvo en avant-garde car lui seul connaissait les passages entre les lises traîtresses et les sables mouvants, tandis que Blade fermait la marche, la grande hache de bronze en travers de ses cuisses. Il se sentait de plus en plus mal à l'aise. Ses fesses avaient été bien brûlées et le frottement de la selle de bois n'arrangeait pas les choses. Durant une halte, pour laisser souffler les chevaux, il confia son tourment à Sylvo.

L'homme se gratta le nez, cligna des yeux, puis retourna auprès des chevaux qui buvaient l'eau saumâtre. Blade le suivit, Taleen s'étant discrètement retirée derrière un grand écran de roseaux pour des raisons personnelles.

Pour la première fois, Blade prêta attention aux énormes sacs accrochés à la selle de Sylvo; ils étaient grossiers, faits de peau brute, comme des outres, et si pleins qu'on ne pouvait les fermer. Blade, vêtu à présent d'une tunique, d'une culotte neuves et d'une cotte de mailles légère, trouvées chez Horsa, regarda Sylvo fouiller dans ses fontes.

— On dirait que tu as passé pas mal de temps chez Horsa. Plus que moi. J'ai à peine eu le temps de prendre ce que j'ai sur le dos.

— Pas si longtemps, mon maître, répondit Sylvo sans se retourner. Je suis un voleur expérimenté, pas vous. Ar, c'est que ça change tout. Un homme de ma qualité sait ce qu'il cherche, et où le chercher. Un gentilhomme ne peut connaître ces choses-là.

Blade se frotta le menton, cachant un sourire derrière sa main.

— Il y avait un mort dans la cuisine, bien proprement égorgé. En ma qualité de gentilhomme je ne puis être au courant. Et toi?

Sylvo se retourna, tenant à la main un petit paquet enveloppé de peau huilée et serrée par des liens de cuir.

— Oui, mon maître. C'était un valet de cuisine, un individu de rien. Il contestait mon droit d'être là.

— C'était son droit, à lui. Si l'on considère qu'à ce moment je n'avais pas encore tué Horsa.

Sylvo évita le regard de Blade. Il indiqua le paquet.

— Voici un merveilleux onguent calmant, mon maître. Avec votre permission, je vais vous en appliquer. Cette pommade a des vertus magiques, à ce que l'on dit, et a été fabriquée par Ogarth le Nain, celui-là même qui a forgé la grande hache de bronze pour Horsa.

Blade regardait maintenant la bourse neuve bien rebondie, accrochée à la ceinture de Sylvo. Il la tâta de l'index.

— Tu as trouvé bien d'autres choses aussi, hein? Plus petites, mais bien plus précieuses, qui tiennent facilement dans une bourse?

— Des babioles, mon maître. De bien pauvres objets. Horsa avait autant de goût qu'une catin barbare. Maintenant, mon maître, allons-nous appliquer cet onguent magique sur vos brûlures?

Blade n'insista pas. Taleen venait de reparaître et se tenait près de son cheval, contemplant avec inquiétude l'immensité du marécage s'étendant vers le nord. Sylvo et Blade disparurent derrière les roseaux. Blade trouva un endroit relativement sec, baissa sa culotte et s'allongea sur le ventre. Sylvo commença à étaler une pommade sombre agréablement parfumée sur la peau brûlée et douloureuse.

— Ar, mon maître, vous avez été bien rôti en vérité. Je n'aurais pas pu le supporter, je me serais enfui, ou j'aurais imploré miséricorde.

— Et ne l'aurais pas obtenue.

— Ça, c'est bien vrai, par Thunor!

— Et si j'ai été brûlé, ce n'est rien à côté de ce qu'a subi Horsa.

Il songea à Horsa debout dans le brasier, brûlant tout vif et continuant de se battre, et il secoua la tête.

— Tu ne l'as pas vu, Sylvo, car tu étais trop occupé à voler, mais ce Horsa était un homme!

Déjà ses douleurs se calmaient. Il étouffa un bâillement, s'avoua qu'il se sentait toujours épuisé, mais il savait qu'il n'y aurait ni repos, ni paix, ni sécurité pour lui tant qu'il ne serait pas arrivé à Voth. Là-bas, après avoir remis la princesse à son père, il serait remercié, récompensé, et peut-être pourrait-il se reposer et réfléchir à sa nouvelle existence. Il se releva et remonta sa culotte.

— Merci, Sylvo. Je vais pouvoir chevaucher plus à l'aise.

— Mon maître...

— Quoi encore?

Sylvo lui tendit la lourde bourse.

— Je suis un menteur, mon maître.

Blade parvint à garder son sérieux.

— C'est curieux, je ne l'aurais jamais deviné. Et alors?

— Ouvrez la bourse, mon maître, et vous verrez. C'était une grande tentation. J'ai toujours été un miséreux, et cette fois j'ai cru trouver la fortune. Mais vous avez été bon pour moi et m'avez traité en homme et je ne peux pas vous mentir. Prenez tout, mon maître, et battez-moi ensuite.

Blade s'accroupit et renversa la bourse sur le sol. Il y avait là des dizaines de pièces de monnaie, grandes et petites, en fer et en bronze, et un petit sac de cuir fermé par un lacet.

— Plus de vingt mancus, murmura Sylvo d'une voix douloureuse. De quoi acheter trois fermes, et du bétail, et des chevaux, et autant de serviteurs que je pourrais battre. Une femme aussi, si j'en trouvais une qui veuille bien de moi.

Blade vida dans sa large paume le contenu du petit sac. Stupéfait, il contempla vingt perles noires, toutes égales, toutes parfaites, sombres et brillantes comme le cœur du diable. Il tendit la main pour les montrer à Sylvo. A ce moment, un pâle rayon de soleil perça la brume et les perles luisirent dans toute leur ténébreuse splendeur.

— Qu'est cela? D'où Horsa tenait-il pareille fortune?

Mais les perles n'impressionnèrent pas Sylvo. Il haussa les épaules.

— Je ne sais pas grand chose de ces affutiaux-là. Mais j'en ai déjà vu et je sais qu'on en trouve sur la rive lointaine de la Mer Étroitc. On dit que les pirates les prisent au-delà de tout. Ce doit être un butin que Horsa aura pris à un ennemi mort. Dois-je être battu, mon maître?

Blade fourra le petit sac de perles dans la ceinture de sa culotte. Il ramassa l'argent, le remit dans la bourse et la lança à Sylvo.

— Tu ne seras pas battu. Je n'ai pas pour habitude de battre des honnêtes gens, encore qu'avec toi la main me démange souvent. L'argent est à toi, les perles à moi. Maintenant viens. Nous devons atteindre la forêt avant la nuit.

Ils avaient encore une heure de jour quand ils quittèrent les marais et se retrouvèrent dans la forêt. L'humeur de Taleen, capricieuse comme une girouette, avait changé et depuis plus d'une heure Blade et elle chevauchaient côte à côte en se racontant ce qui leur était arrivé. Blade ne cacha rien, pas même le marché que la reine Alwyth lui avait proposé. En l'apprenant, Taleen eut du mal à maîtriser sa colère et ses yeux lumineux fulgurèrent, mais elle répondit gravement :

— Elle ne vous pardonnera jamais, Blade. Vous l'avez trahie. Je prie Frigga que Getorix taille en pièces Lycanto et son armée et fasse passer tous les Albiens au fil de l'épée. Une lame dans le cœur, c'est la seule chose qui puisse mettre fin aux diaboliques manigances d'Alwyth.

Puis sa colère eut le dessus et elle employa des mots qui auraient fait rougir Sylvo.

— Comme elle s'est jouée de moi! J'aurais dû savoir que je n'étais pas de force à ruser avec elle, mais j'étais lasse, j'avais faim et soif, je ne réfléchissais plus. Elle a écouté tout ce que je lui ai dit de vous, et j'ai bien parlé, Blade, je vous ai couvert de trop de louanges, à cause du danger. Je vous ai peint bien plus grand que vous ne l'êtes.

Blade sourit.

— Mille mercis, princesse. Je sais que vos intentions étaient bonnes.

Elle lui jeta un coup d'œil soupçonneux et poursuivit :

— Alors quand elle m'a offert un bouillon, j'ai accepté volontiers. Quelle idiote! Et je ne me souviens de rien, jusqu'à ce que je me réveille avec la nausée dans le marécage.

Blade regarda devant eux. On distinguait déjà l'orée sombre de la forêt et les grands arbres noirs dans le crépuscule.

— Ne pensez plus à Alwyth, conseilla-t-il. Elle sera punie sans que nous y aidions. Ni elle ni Lycanto ne peuvent nous nuire ici, mais il peut y avoir d'autres dangers. Connaissez-vous cette région, Taleen? Est-ce que Voth est encore loin?

Elle plissa le front.

— Je ne suis jamais venue de ce côté. Et votre sacripant de serviteur? Il nous a fait traverser les marais sans incidents... Ne peut-il faire de même dans la forêt?

— Non. Je le lui ai demandé. Sylvo est un homme des marais, il connaît aussi la mer mais dans une forêt il serait aussi perdu que nous. Et nous ne le serons pas tellement s'il fait soleil. Je suis suffisamment homme des bois pour nous tirer d'affaire.

— Les Drus connaissent ces choses, murmura Taleen en lui jetant un regard méfiant.

Il devina sa pensée. Lui-même n'avait guère songé au sacrifice dans la clairière. Quand il laissait vagabonder son esprit, c'était pour revenir sur son étrange rêve fascinant et passionné de la femme nommée Drusilla. Drusilla! Dru? Il n'avait pas encore fait ce rapprochement. Mais peu importait. Ce n'était qu'un fantasme, un jeu de son subconscient.

— Les Drus, reprit la princesse, peuvent s'orienter sur les étoiles, grâce au lichen qui pousse sur les arbres, ou grâce à la course de la lune.

— Ne pensez pas aux Drus non plus! Elles ne peuvent pas davantage nous faire de mal qu'Alwyth. Je m'intéresse plutôt à ce que Sylvo pourrait trouver pour mettre dans son chaudron. Je me sens de nouveau affamé.

— Moi aussi, avoua Taleen en riant. On dirait que nous avons constamment faim, Blade! Si votre sacripant est capable de nous trouver à manger, je crois bien que je lui pardonnerai sa laideur.

Quand ils arrivèrent dans une clairière, Blade fit halte. Sylvo, après avoir coupé des lianes pour faire des collets, partit à la recherche d'un lièvre ou deux pour leur souper. Depuis qu'ils étaient entrés dans la forêt ils avaient aperçu quelques cerfs, mais la hache n'était pas une arme propice et Sylvo n'avait que son couteau.

Taleen ramassa du bois mort et Blade alluma du feu avec une pierre et un briquet de fer que Sylvo lui avait donnés. Tandis que l'obscurité s'épaississait autour de la petite flambée joyeuse, et que Taleen se chauffait les mains, Blade crut entendre un bruit suspect. Saisissant la hache de bronze, il se hasarda sous les arbres et tendit l'oreille. Cela pouvait être un animal, une biche, ou Sylvo trébuchant contre une racine. Mais le bruit ne se répéta point et le silence l'inquiéta. Aucun oiseau ne chantait, pas un animal ne bougeait. Taleen vint le rejoindre.

— Que se passe-t-il, Blade? Votre serviteur ne revient pas... Faut-il tellement de temps pour attraper un lièvre?

Il plaqua une main sur sa bouche et approcha ses lèvres de son oreille. Le parfum de chypre s'était évaporé et elle ne sentait que son parfum naturel de jeune fille.

— Restez là et ne bougez pas, souffla-t-il. Je vais aller chercher Sylvo.

— Non! Ne me laissez pas seule!

— Bon, venez, mais sans bruit. Et ne vous approchez pas trop de moi. S'il y a du danger, je veux avoir de la place pour manier la hache.

Il n'eut pas le temps de s'en servir. Taleen et lui n'avaient pas fait cinquante pas sous les arbres, le long d'un étroit sentier, quand des filets aux mailles serrées tombèrent des branches et les prirent au piège. De grands cris s'élevèrent et des hommes bondirent des buissons et des arbres.

Blade, son corps musclé prisonnier du filet, ne put lever l'immense hache. Il entendit Taleen hurler :

— Les hommes de Beata! Nous sommes pris!

Il se débattit et lutta de son mieux. Passant ses mains entre les mailles, il cogna des têtes l'une contre l'autre, abattit ses poings massifs comme des massues et envoya à terre une demi-douzaine de ses assaillants. Mais, debout comme un des chênes de la forêt, chaque main serrée autour d'un cou, il finit par succomber sous le nombre. La poignée d'un glaive s'écrasa sur son crâne. A la dernière seconde, juste avant de sombrer dans l'inconscience, il entendit le chef de la bande glapir un ordre :

— Ne tuez pas le grand! La reine Beata le veut vivant!

CHAPITRE VIII

Blade se réveilla dans une oubliette. Le sol de pierre gluant était jonché de paille humide dans laquelle grouillaient des insectes. Le seul éclairage était fourni par une mèche trempant dans une jatte d'huile de poisson. Il était enchaîné par les pieds et les mains à un anneau scellé dans le mur. Tout son corps le démangeait et il avait la nuque atrocement douloureuse. Pendant quelques instants, il perdit le contrôle de lui-même, oublia la stricte discipline qu'il avait toujours su s'imposer, et se débattit avec rage contre ses chaînes, en poussant d'horribles jurons.

— Inutile, mon maître, grogna une voix dans un recoin sombre. Nous avons été bien pris. La mauvaise reine Beata nous tient, et à côté d'elle, Alwyth est pleine de miséricorde. J'ai bien réfléchi, mon maître, et j'ai conclu que nous sommes dans de bien sales draps!

Dans un grand claquement de chaînes, Sylvo se retourna en soupirant. Blade, se contraignant au calme, s'assit dans la paille infecte.

— Et la princesse Taleen?

— Elle va bien, je suppose. Du moins, à ce que j'ai pu voir, on ne lui a point fait de mal. Beata attend une rançon de Voth, comme avant, ce qui fait que nous nous retrouvons à notre point de départ. Pour ce qui est de la petite demoiselle en tous cas. Quant à nous, c'est une autre affaire, et je n'aime guère penser à ce qui peut nous arriver.

— Ne perds pas courage. Je nous tirerai bien de là.

Sur le moment, Blade aurait été bien incapable de dire comment. Il éprouva la solidité de ses chaînes, bandant ses muscles puissants, mais elles tenaient bon.

— Sûrement, mon maître, répondit Sylvo d'une voix moins sombre. J'oubliais que vous êtes sorcier.

Blade, tirant de nouveau sur ses chaînes, fit une grimace. Il faudrait plus que de la sorcellerie pour les délivrer. Il commença à interroger Sylvo ; pour agir, pour réussir, il convient d'être bien renseigné.

— Quel est cet endroit et comment y sommes-nous venus ?

— C'est un grand château appelé Craghead. Sur la Mer Occidentale. Quant à notre arrivée... J'ai marché, la princesse Taleen était à cheval et vous, on vous portait sur une civière. On vous a bien drogué pour vous faire dormir, mon maître, vu que les hommes de Beata avaient grand peur de vous.

Cela expliquait ses maux de tête. Il se rappela la poignée du glaive qui l'avait assommé et porta la main à sa nuque, ses cheveux drus étaient poissés de sang et il sentit sous ses doigts une grosse bosse.

— Ils avaient préparé des filets dans les arbres, murmura-t-il. Je me demande comment... en ce lieu précis et à ce moment-là.

— Ar, mon maître, je me suis posé la question aussi. J'ai été pris comme un lapin et assommé sans pouvoir crier. Mais sûrement la reine Alwyth a averti

Beata. Elles sont complices, tiens! Le roi Lycanto n'aurait jamais fait ça, Beata et lui sont ennemis.

— Parle-moi un peu de cette reine Beata, Sylvo. Quel genre de femme est-ce?

Sylvo le lui révéla et Blade sentit ses cheveux se hérisser sur sa nuque. Pas un moment il ne douta de ce qu'il apprenait. De telles choses existaient dans cette étrange dimension où il avait été projeté, aussi réelles que la vie, ou la mort.

— Et c'est tout ce que je sais, conclut Sylvo. C'est une ribaude, qui prend dans son lit des femmes aussi bien que des hommes. Des enfants aussi, à ce qu'il paraît, qu'elle assassine ensuite pour qu'ils ne parlent pas, et j'ai vu de mes yeux sa cruauté envers ses serviteurs. Il manque une oreille à la plupart des hommes, la gauche, et beaucoup de ses femmes ont le sein gauche coupé. En entrant dans le château, j'ai vu des hommes pendus à des crochets de fer, et on m'a dit que c'était les gardes qui avaient laissé s'enfuir la princesse Taleen. L'un d'eux gigotait encore, pauvre diable.

— Quel âge a-t-elle?

Sylvo changea de position et ses chaînes s'entrechoquèrent dans les ténèbres.

— Qui peut savoir? Certains disent cinquante ans, d'autres cinq cents. Si elle est sorcière, comme on le raconte, c'est bien possible. Tout le monde dit qu'elle est belle, mais comme personne n'a le droit de l'approcher de près, ça peut être des artifices. Les femmes ont plus d'un tour dans leur sac, même les sorcières et...

Une trappe s'ouvrit au plafond et une tête apparut.

— Toi, celui qui s'appelle Richard Blade, la reine veut te voir tout de suite. Ne fais pas le malin, sinon tu seras égorgé!

Une échelle fut abaissée et des hommes d'armes descendirent précipitamment. Ils portaient les mêmes braies à haut laçage que les Albiens, mais leur cotte de maille était plus longue et plus lourde, et leur casque plus plat et orné d'une licorne, au lieu d'un dragon. Tous avaient eu l'oreille gauche tranchée.

Ils délivrèrent Blade de ses chaînes et le poussèrent vers l'échelle. Sylvo se mit à brailler :

— Je manque d'eau ! Je n'ai rien à manger ! Vous allez laisser un homme mourir de faim et de soif ? Et puis c'est plein de poux et de rats. Je n'ai jamais vu cachot plus puant !

Quelques hommes rirent. L'un d'eux s'approcha de Sylvo et le fit taire d'un coup de pied.

— Tu dois savoir de quoi tu parles et avoir connu bien des prisons. Maintenant ferme ton vilain museau si tu ne veux pas mourir avant ton heure.

A la pointe d'une lance, Blade gravit les échelons. Aucun des soldats ne tenait à s'approcher trop près de lui. En passant par la trappe, il entendit Sylvo lui crier :

— Courage, mon maître, et n'oubliez pas que vous êtes un sorcier !

Le château de Craghead était immense. Blade fut conduit par d'interminables corridors aux dalles couvertes de roseaux, mal éclairés par de rares torches fichées dans des anneaux scellés dans les murs. Ils gravirent un nombre considérable d'escaliers aux marches de pierre usées, longèrent des chemins de ronde crênelés où Blade respira un air salin et perçut le sourd grondement de la mer battant le pied des remparts. La nuit était sombre, sans lune et sans étoiles, et des nappes de brouillard cachaient le sol.

Ils atteignirent enfin la plus haute tour du château.

Encore un escalier, et Blade fut poussé dans une vaste salle. Une porte de fer claqua derrière lui. Il entendit tomber une lourde barre. Il était seul.

Non. Pas seul. Dès l'abord, il sentit une présence. Sans faire le moindre mouvement révélant qu'il se savait observé, il fit calmement le tour de la salle, tout prêt à laisser la reine Beata jouer au chat et à la souris si cela l'amusait. Il réfléchissait, maintenant, il échafaudait des plans, et jugeait de bon augure qu'on ne les ait pas encore exécutés, Sylvo et lui.

La salle, ou plutôt l'appartement, formé de plusieurs pièces communicantes, était somptueusement meublé. Il n'avait rien vu de semblable en Alb. Le dallage était couvert de peaux de bêtes, dont celle d'un ours qui avait dû mesurer au moins dix pieds quand il était en vie; des fourrures recouvraient des lits de repos. Il ne vit aucune fenêtre. Il sentit monter des dalles une agréable chaleur et devina qu'un système de tuyaux devait passer dessous et fournir du chauffage.

Il y avait dans un coin une grande table chargée de plats de viande froide et de pain blanc — il n'en avait pas vu non plus en Alb — de pichets de bronze et d'étain contenant de la bière et du vin. Blade mangea, mais se garda de boire. Il allait avoir besoin de tous ses esprits.

Discrètement, il examina les tentures murales en cuir pâle richement brodé d'or, de signes cabalistiques qu'il ne comprenait pas. La plus grande tapisserie représentait une licorne et, en la regardant avec toutes les apparences de la distraction, il vit scintiller un œil. L'observateur! Il ne douta pas un instant que ce ne fut la reine Beata.

Blade, la bouche pleine, une cuisse de volaille à la

main droite, s'inclina très bas devant la licorne.

— Merci pour le repas, bonne reine. Il est excellent et je mourais de faim. Puis-je vous demander de faire porter une collation à mon serviteur qui se morfond dans vos cachots?

L'œil pétilla. Puis il entendit un rire étouffé, et une voix aussi grave et rauque que celle d'un homme :

— On ne m'a pas menti, Blade. Un gredin, en vérité, d'une rare impudence. Pas plus qu'Alwyth ne m'a menti en vous décrivant... Vous êtes bien aussi beau de corps et de figure qu'elle l'écrit. Dites-moi, Blade, êtes-vous l'homme que vous paraissez? Car je vous avertis honnêtement, votre vie en dépend.

Il y avait dans la voix un courant glacé qui hérissa de nouveau les poils de Blade, tout le long de l'échine. Il s'inclina derechef.

— Gredin peut-être, majesté, maïs modeste. Quant à être un homme, je prétends bien l'être. Pour ce qui est de ma valeur, je n'en puis rien dire avant de savoir ce que je dois affronter.

De nouveau, le rire étouffé.

— Vous jouez avec les mots comme une Dru! Cela ne me plait pas. Mais par d'autres aspects vous ne me déplaisez en rien et vous allez avoir l'occasion de prouver votre valeur. Je vais vous soumettre à la plus douce des épreuves, Blade, et si vous êtes vainqueur peut-être me laisserai-je persuader de vous accorder la vie sauve.

Cette fois, il ne salua pas. Les poings sur les hanches, il regarda fixement la licorne.

— Et à mon serviteur, majesté? Et la princesse Taleen sera libre de retourner chez son père?

Un silence. Puis, d'une voix aussi glaçante que le brouillard enveloppant les remparts :

— Vous allez trop loin, Blade! Un peu d'insolence est comme du sel, un bon assaisonnement, mais vous osez poser des conditions? Si vite? Comme si vous aviez des droits ici!

Il avait commencé par de l'audace, et devait continuer à se montrer hardi. Il regarda froidement l'œil luisant et riposta sur un ton tout aussi sec :

— Je ne fais que demander, ma reine. Un homme n'en est pas un qui ne tente pas de secourir ses amis.

— Il suffit! On va te préparer à me recevoir. Je te conseille de mettre le temps à profit en apprenant à maîtriser ta langue!

L'œil disparut.

Une tenture ondula quand une porte fut ouverte, qu'elle dissimulait, et quatre servantes entrèrent. Elles ne portaient qu'une large culotte de gaze bouffante s'arrêtant au genou et maintenue par une seule agrafe d'ambre. Leurs cheveux étaient coupés courts, comme ceux des hommes, et chacune avait eu le sein gauche tranché. A sa place s'étendait une large cicatrice rouge en forme de soucoupe. La livrée cruelle de Beata. Blade se demanda comment des hommes et des femmes pouvaient servir une maîtresse aussi sanguinaire et il songea à un autre lieu, un autre monde, où de telles choses n'étaient pas tolérées. Et pourtant, ce monde, autant qu'il pouvait se le rappeler, avait été bien assez mauvais. Puis la brume envahit de nouveau son esprit et tout souvenir s'estompa.

Les servantes étaient jeunes et jolies, si l'on ne prenait pas garde aux cicatrices horribles, et elles s'affairèrent avec adresse, dans un silence total. Elles ne regardaient pas Blade en face, elles ne chuchotaient pas entre elles. Il crut deviner pourquoi et, sous les yeux craintifs des autres, il saisit une svelte blonde et lui ouvrit la bouche de force. Sa langue avait été coupée.

Elles emplirent une grande vasque de bronze d'une eau chaude et mousseuse et le baignèrent, puis elles l'essuyèrent avec des linges fins, le parfumèrent de chypre et le revêtirent d'une culotte safran et d'une longue tunique. Elles le chaussèrent de sandales de cuir souple, lacées jusqu'aux genoux. Sa barbe et ses épais cheveux noirs furent brossés et peignés.

Quand elles eurent fini, elles lui présentèrent un grand miroir de bronze poli et il ne put réprimer une grimace écœurée en se voyant vêtu de la sorte. Mais il devait bien jouer le jeu de la reine Beata. Il commençait à se douter de la nature de ce jeu et entendait bien l'y surpasser. Dans sa précédente vie il avait été sensuel, grand amateur de femmes, et pas un jour ne s'était passé sans qu'il assouvisse ses désirs. Maintenant, il était plus que prêt. Il en avait assez des combats sanglants, des mégères comme Alwyth et des péronnelles comme Taleen.

Les servantes le laissèrent et il arpenta seul les salles, un sourire dur aux lèvres. Il donnerait à cette reine cruelle un peu plus que ce qu'elle attendait, et assurerait peut-être ainsi son avenir. Il savait, mieux que la plupart des hommes, ce que les femmes devinent d'instinct dès le berceau ; le sexe peut être une arme redoutable.

Blade s'était mollement étendu sur l'une des couches quand la tenture à la licorne frémit, se souleva et la reine Beata apparut. Elle portait une simple robe noire serrée à la taille par une cordelière écarlate, qui moulait son corps svelte. Le tissu était opaque mais ne dissimulait rien des contours des seins, du ventre et des cuisses. Son visage était allongé, d'une pâleur mortelle, avec une bouche carminée comme une blessure et un nez altier. Les cheveux noirs striés d'argent étaient relevés, en une coiffure si élaborée que Blade devina aussitôt que c'était une perruque.

En partant, les servantes avaient emporté toutes les immenses chandelles sauf une. La reine avança majestueusement vers ce petit cercle de lumière. Blade se leva et s'inclina légèrement, avec un rien d'insolence. Son instinct lui disait que la servilité n'était pas de mise.

— Votre majesté, vous êtes très belle.

Dans un sens, c'était vrai. Elle n'était plus jeune — même dans la pénombre il distinguait de fines rides autour de la bouche, le cou fané, et il ne savait pas ce que dissimulait la perruque — mais elle possédait une certaine beauté. Ou des restes de beauté.

Pendant quelques instants, elle le dévisagea en silence. Les yeux en amande, noirs et brillants comme de la laque, luisaient entre des paupières mi-closes fardées de bleu. Elle examina chaque pouce de son corps avant de parler.

— Blade, tu t'avanceras vers moi à genoux. C'est la coutume ici. Tous ceux qui quémandent mes faveurs doivent me rendre cet hommage. A genoux!

Blade se dit qu'elle lui imposait plutôt ces faveurs, mais il ne protesta pas. Il se laissa tomber à genoux et, aussi gracieusement qu'il le put, glissa vers elle.

La robe de la reine s'ouvrit. Levant les yeux, Blade put voir que le corps, sinon la figure, était jeune. Ses seins étaient deux coupes pâles et fermes, son ventre plat et lisse, ses hanches admirablement sculptées et ses jambes aussi fines et fuselées que celle d'une jeune fille. Son odeur alourdie par le chypre était entêtante.

— Bien, dit-elle d'une voix moqueuse mais légèrement excitée, et Blade se demanda ce qu'elle aimait le plus, tuer un homme et le pendre à un crochet ou faire l'amour avec lui... ou les deux? Tu m'as rendu hommage, et tu vivras encore un peu de temps. Je t'avoue que j'en suis heureuse car tu es un homme tel que je n'en avais encore jamais vu. Viens, Blade, sur la couche, et prouve-moi que tu es bien un homme et non un fantôme, non une tunique et une culotte pleines de muscles dont une femme n'a que faire.

Elle le fit allonger dans la position qu'elle désirait, arrangeant ses bras et ses jambes de la façon qui lui seyait le mieux, puis elle le déshabilla, s'attardant à tout instant pour caresser la nudité révélée des doigts et des lèvres. Elle n'avait pas ôté sa longue robe noire mais quand il leva une main pour lui prendre un sein elle le repoussa violemment.

— C'est moi qui dirai quand il sera temps pour cela, Blade! Tu obéiras. C'est tout ce que j'exige de toi. Que tu obéisses et que tu sois instantanément prêt quand j'aurai besoin de toi.

Blade, qui était à ce moment aussi instantanément prêt que possible, trouva tout de même la chose ardue. Tout homme a ses limites. La situation aurait pu être amusante, si l'on ne tenait pas compte de la sombre réalité. Sa vie, celle de Sylvo et peut-être aussi celle de Taleen dépendaient de ses prouesses viriles. Il éprouva un commencement de panique, craignant que la tension, la situation critique lui coupent ses moyens. Il chassa cette pensée; ce serait vraiment trop ironique de mourir pour cela.

La reine prit la position dominante. Elle gardait le silence et l'imposait à Blade. Elle lui prit avidement la bouche, dardant une langue pointue, tandis que ses mains erraient sur tout son corps. Son plaisir fut d'abord digital, et ses mains semblèrent ne pouvoir se rassasier de sa chair; puis il devint buccal. Légèrement elle le caressa, le mordilla, le prit plus goulûment puis, lasse de ce jeu, elle se redressa et le chevaucha. Alors elle gémit enfin et adopta sa cadence. Blade, regardant son visage grimaçant, la bouche ouverte, les yeux fous, les tendons du cou trop apparents, comprit qu'elle était vieille. Pour le moment, il s'en moquait.

Elle se mit à parler, laissant tomber de ses lèvres haletantes des mots entrecoupés, de plus en plus précipités :

— Oui, Blade, oui, oui! C'est bien. Non! Tais-toi! Moi seule... Ah! Ah Frigga, que c'est bon! Ne t'arrête pas! Ne t'arrête pas ou tu meurs demain. D'autres m'ont plu qui ont fini par échouer et en sont morts. Aaaaah, Blade! Blade! Que Frigga m'emporte si je ne suis pas amoureuse!

Tremblante, la reine s'écroula sur lui en murmurant :

— Ah, Blade, c'était merveilleux pour une première fois. Tu n'as pas joui?

Sa respiration était si oppressée qu'il ne put répondre et secoua la tête. Vingt fois, il avait failli et s'était retenu. Une sacrée situation, pensa-t-il amèrement, quand la vie d'un homme dépend d'une telle force de volonté!

Beata glissa en avant pour placer ses seins sur les lèvres de Blade.

— Caresse-moi, ronronna-t-elle. Je vais te reprendre bientôt. En attendant, pour m'avoir si bien servie je t'accorde n'importe quelle petite faveur qu'il te plaira de demander.

D'aussi près, tandis qu'elle était couchée sur lui, la figure dans le cercle de lumière de la chandelle, il pouvait voir l'épaisseur du maquillage. La perruque était un peu de travers mais il ne distinguait pas la couleur de ses vrais cheveux.

— Je t'ai procuré une grande satisfaction, déclara-t-il hardiment, et tu ne m'accordes qu'une petite faveur. Est-ce vraiment digne d'une grande reine?

Les paupières bleues battirent.

— Tu es toujours aussi impudent, Blade, et tu n'as pas encore compris ta situation. Tu es un superbe étalon, je veux bien, tu possèdes un membre comme je n'en ai jamais connu, mais cela ne te donne pas de droits. Tu es vivant! Vivant! Et tu ne sembles pas reconnaissant.

Il se dit qu'il devrait avancer très prudemment, mais l'audacc lui semblait devoir payer plus que tout autre chose.

— Seul un petit homme se contente de petites choses, dit-il. Je ne suis pas un petit homme et je n'accepte pas de petites faveurs. Je demande la vie de mon serviteur, et la sécurité de la princesse Taleen.

Les yeux fermés, elle laissa courir ses doigts sur sa joue. Ses ongles étaient très longs et peints en bleu.

— Tu me plais, Blade, tu me plais beaucoup. Il se peut que Frigga m'ait enfin envoyé un homme. Mais comment en être sûre? L'épreuve n'est pas terminée. Et tu dois comprendre beaucoup de choses. Si je n'étais pas cruelle et impitoyable, je ne pourrais régner, ici à Craghead. Mon peuple est ainsi, me veut ainsi, et si je faiblis je perds tout pouvoir. Je ne puis t'accorder ce que tu demandes, Blade. Pas complètement. Cependant, il y a une chance, si tu te révèles suffisamment homme.

Il voulut l'interroger plus avant mais elle lui imposa silence et lui ferma la bouche d'un baiser. Puis elle lui caressa tout le corps avec la langue, le pétrit de ses doigts. Elle le força à regarder tandis qu'elle se donnait du plaisir, et se jeta ensuite sur lui pour atteindre l'extase. Elle exigea de faire l'amour dans des positions grotesques que Blade, en dépit de sa longue expérience, n'avait jamais imaginées. Elle le prit tout entier dans sa bouche et avala goulûment sa semence, après quoi elle alla chercher une carafe derrière une tenture et lui accorda un quart d'heure pour se ranimer. Blade y parvint.

Elle le fouetta avec sa cordelière écarlate, et finalement lui permit de la monter, laissant pour la première fois l'initiative à Blade.

Il oublia sa fatigue et la fouilla avec toute la rage d'un fauve en rut. Pendant plus d'une heure il s'acharna sur elle, tandis qu'elle poussait de petits cris et gémissements en se cramponnant à lui, en le suppliant de ne pas s'arrêter. Il savait qu'elle était folle et qu'il ne valait guère mieux mais à présent son unique but dans la vie était de sonder son ventre, de lui faire mal, de la déchirer.

Dans un de ses rares moments de lucidité, contemplant son visage grimaçant, il constata qu'elle avait de fausses dents, adroitement taillées dans l'os d'un quelconque animal. Sa perruque tomba et il vit son crâne chauve où s'égaraient quelques poils gris.

Finalement ce fut elle qui demanda grâce, comme Blade se l'était juré. Tout son corps se tendit en arc, elle poussa un cri perçant et s'effondra sous le poids de Blade. Puis elle le repoussa.

— Va-t'en, souffla-t-elle. Laisse-moi. Je ne veux plus te voir car je suis rassassiée, et je me connais. Si tu étais un homme ordinaire, je t'aurais déjà tué. Alors va, va vite! On subviendra à tes besoins.

Blade se dressa au-dessus d'elle, luttant contre la nausée, ses jambes musclées tremblant de lassitude et aussi de dégoût. La perruque était tombée par terre et à la lumière vacillante de la chandelle elle n'était plus qu'une vieillarde chauve à la figure peinte.

Et cependant, il osa :

— Mon serviteur? La princesse Taleen? J'ai sûrement gagné leur sécurité pour cette nuit!

Les yeux fermés, à moitié endormie, elle détourna la tête et il l'entendit murmurer :

— Je ne puis te l'accorder, Blade. Mon peuple doit avoir son spectacle. Il veut du sang et de la distraction. C'est ainsi que je le tiens. Mais tu as gagné le droit d'essayer. Aujourd'hui même, tu auras l'occasion de les sauver, et de sauver aussi ta peau. Cela, je te le promets. Maintenant va... avant que j'oublie le plaisir que tu m'as donné et que je te fasse tuer!

Une des tentures de cuir frémit et deux des servantes entrèrent. L'une d'elles ramassa la longue robe noire et en recouvrit la reine endormie. Puis, sans regarder Blade en face, elles l'entraînèrent vers la porte par laquelle il était entré et le remirent entre les mains des hommes d'armes.

On ne le ramena pas à l'oubliette où l'attendait Sylvo — s'il était encore en vie — mais on le conduisit dans une grande salle creusée à même le roc. Un repas copieux l'attendait, avec du vin et de la bière, et dans un coin un tas de fourrures servait de couche. Les gardes le laissèrent et il entendit retomber derrière la porte une grande barre de fer.

CHAPITRE IX

Avant le massacre, Blade eut le droit de s'entretenir brièvement avec Taleen et Sylvo. Tous deux étaient ligotés à des pieux plantés au milieu de la cour intérieure de Craghead, où les sujets assoiffés de sang de la reine Beata s'étaient massés pour assister au spectacle. C'était une fête et la reine s'était montrée généreuse; de longues tables surchargées de victuailles avaient été préparées, et il y avait abondance de vin et de bière. La journée était sombre et une brume humide venue de la mer enveloppait les remparts en étouffant les bruits.

Mais elle ne pouvait étouffer les grondements furieux des ours en cage.

— Que Thunor nous sauve à présent! cria Sylvo.

C'était la première fois que Blade le voyait manifester de la terreur. Ligoté à son pieu, couvert de la paille et de l'ordure des oubliettes, louchant plus que jamais et retroussant son bec-de-lièvre, Sylvo ne pouvait guère s'attirer la sympathie de la foule hurlante. En butte à des quolibets cruels, il avait un air lamentable de gibier de potence mais, malgré sa peur, il gardait l'œil vif.

— Je sais bien, mon maître, murmura-t-il à Blade,

que si Thunor nous sauve ce sera avec votre aide. Alors écoutez-moi bien. Nous aurons une chance si vous tuez ces ours rapidement. Tout de suite. Elles se mangent entre elles, ces bêtes-là, et si vous en abattez un les autres lui tomberont dessus et vous donneront un peu de temps. Et le temps, mon maître, c'est ce qui compte le plus. Vous avez vu comment les pieux sont placés? Ce n'est pas un hasard. La reine Beata — que Thunor mange son cœur noir — vous a donné un bien triste choix, mon maître.

C'était bien vrai. Les pieux étaient placés à cinquante pieds l'un de l'autre, si bien que Blade ne pouvait défendre qu'un seul condamné à la fois. Et il devrait donc choisir entre Sylvo et la princesse.

Tout en écoutant son sacripant de valet, il soupesait la grande hache de bronze qu'on lui avait rendue, et considérait Beata, assise sur son trône à l'abri d'un dais. Il essaya de deviner sa pensée. Elle n'était pas folle, et il ne pensait pas qu'elle sacrifierait Taleen uniquement pour plaire à la populace, sans en tirer elle-même profit. Sylvo, lui, n'avait aucune importance et sa mort pourrait suffire à distraire le peuple.

Un autre détail intriguait Blade. Un peloton d'archers était posté près de chaque pieu, derrière une barrière grossière et, en ce moment même, un officier de la reine leur donnait des ordres. Blade crut les deviner. Il devait avoir une chance de défendre Taleen et Sylvo, et lui-même, contre les ours. S'il réussissait, tant mieux. La racaille aurait son spectacle et la perte ne serait que de trois ours.

La reine Beata pariait que Blade choisirait de défendre Taleen, laissant ainsi Sylvo mourir, déchiré en lambeaux. Cela satisferait la soif de sang de la foule et la reine pourrait mettre fin au spectacle quand elle le voudrait, en se réservant Blade et la princesse pour d'autres projets, l'homme pour ses plaisirs pervers, Taleen pour la rançon et sa vengeance contre son frère honni, Voth.

Les archers étaient donc là comme sauvegarde, pour prendre la relève et abattre les ours au cas où les choses tourneraient mal. Blade sourit amèrement. Il était prêt à parier Aesculp, la puissante hache de bronze, qu'il avait deviné le dessein de la reine.

Mais, tandis qu'il encourageait Sylvo d'une claque dans le dos, il savait bien qu'en cas de malheur il devrait sauver Taleen et abandonner son serviteur. Sylvo le comprenait aussi. Il cligna de l'œil.

— Je sais que vous ferez de votre mieux, mon maître, mais je ne suis rien à côté de la jeune demoiselle. Je vous demande seulement, par les couilles de Thunor, de ne pas oublier que vous êtes sorcier... et d'en bien profiter.

Blade lui donna une nouvelle tape affectueuse et s'éloigna. Il n'y avait plus rien à dire.

La foule se tut, quand Blade se dirigea vers Taleen, et l'on n'entendit plus que les féroces grondements des ours impatients.

La princesse se tenait très droite, très fière, la tête haute et les yeux luisant de défi. On avait déchiré sa tunique jusqu'à la taille et ses petits seins que le froid avait durcis semblaient aussi porter un défi.

Tout en la sachant ambivalente et capricieuse, tout en ayant hâte d'être débarrassé d'elle, Blade ne put qu'admirer son courage. Sans doute était-elle terrifiée par les Drus, par les ombres de la forêt, mais il n'y avait en elle aucune peur visible alors qu'elle affrontait une mort très réelle et très horrible. Mais peut-être avait-elle deviné, comme lui, le plan de la reine.

Non. Car elle lui dit :

— Elle veut ma mort, Blade. Tout comme elle veut vous conserver pour ses plaisirs ignobles. Faites-la payer! Je vous le demande, Blade, non, je vous en supplie. Oui je supplie, moi qui suis princesse de Voth!

Blade s'arrêta assez loin d'elle. Beata les observait et il ne voulait pas révéler son inquiétude. Il parla du fond du cœur :

— Vous êtes une courageuse enfant, Taleen. Continuez. Je ferai tout ce que je pourrai et je pense que vous risquez moins que ce que vous croyez. Beata joue avec nous. C'est le pauvre Sylvo qui doit mourir. J'en suis sûr.

Le front lisse de Taleen se plissa et elle posa sur Blade ses yeux bruns lumineux, tandis qu'elle réfléchissait.

— Alors sauvez votre homme, ordonna-t-elle. C'est un affreux coupe-bourse qui fait la nique au bourreau depuis trop longtemps, mais il est votre serviteur et vous le lui devez. Cependant, je pense que vous vous trompez. Beata veut ma mort, d'une façon ou d'une autre. Je ne suis pas une idiote, Blade, ni l'enfant que vous imaginez, et je sais voir l'évidence. Alors je vous l'ordonne... Si vous avez à choisir entre nous deux, sauvez votre serviteur. Et puis vengez-moi!

Il lui sourit et lui cligna discrètement de l'œil.

— Je vous sauverai tous les deux, promit-il en sachant bien qu'il se vantait et que le souvenir de cette bravade pourrait bien revenir le hanter.

La foule commençait à s'impatienter. Blade fut appelé et dut aller s'incliner devant la reine.

Elle était somptueusement vêtue d'une tunique safran qui seyait mal à son teint, en dépit du maquillage. Sa perruque avait été lavée et frisée. Elle examina Blade, et se pencha pour donner une tape légère sur son épaule nue. Son sourire révéla les dents d'os entre les lèvres carminées.

— J'ai réfléchi, Blade, et je veux que tu vives, murmura-t-elle. Défends la fille et laisse mourir ton valet. J'ai donné des ordres. Mais tu dois donner un bon spectacle à mes paysans imbéciles qui veulent voir couler le sang. Va, et combats bien. Je viendrai te retrouver ce soir.

Blade ne put se tromper sur la nature de la promesse des yeux noirs. Il leva Aesculp pour la saluer.

— Je suis prêt, majesté. Faites venir vos ours!

Puis il fit demi-tour et courut au poste qu'il avait choisi, à mi-chemin de chacun des pieux. Les cages montées sur roues furent poussées par une brèche de la barrière de protection. Sans le vouloir, les gardiens jouèrent le jeu de Blade. Ils n'avaient pas été avertis et ouvrirent les cages l'une après l'autre, sans se presser, lui accordant ainsi de précieuses minutes.

Le premier ours sortit en se dandinant, se dressa sur les pattes de derrière la bave au mufle, et retroussa ses babines sur deux énormes crocs en forme de sabre. La bête avait dix pieds de haut et reniflait en se tournant de tous côtés tout en émettant des grondements horribles. Ses petits yeux rusés aperçurent Taleen, et elle se dirigea lourdement vers son pieu. Blade avait tué des ours grizzlis dans son autre vie, et cet animal leur ressemblait assez, comme un adulte peut ressembler à des bébés.

Il fit tournoyer autour de sa tête la hache scintillante et se rua sur l'ours, en poussant un cri de guerre inarticulé pour attirer son attention :

— Hoooaaaaaaaaahhhh... Hoooooaaaaaaaaaaah!

L'ours avait senti la chair féminine ; il ignora Blade, qui se rua à l'attaque en voyant qu'un second ours sortait de sa cage.

Il abattit Aesculp, d'un coup puissant qui plongea une des lames dans le torse épais et velu de l'animal. L'ours enragé pivota et voulut frapper son assaillant d'une patte armée de griffes de deux pouces capables de vous étriper d'un seul coup. Blade passa sous la patte et tira sur le manche de la hache solidement ancrée dans la fourrure et la chair.

L'ours voulut alors enlacer Blade pour l'étouffer, mais Blade parvint à dégager la hache et recula d'un bond hors de portée. Il vit le second ours se diriger vers Sylvo. Le temps pressait, car c'était lui qui devait mourir.

Le premier ours, oubliant la fille dans sa rage, poursuivait Blade. Il fallait agir vite. Il fit de nouveau tournoyer la hache pour lui donner de l'élan et bondit avec un cri farouche. La première fois, il avait frappé trop haut et maintenant c'était sa dernière chance, s'il voulait sauver Sylvo.

Le coup fut terrible. Il sentit le manche tressauter dans sa main tandis que le bronze fracassait le crâne et s'enfonçait dans la cervelle de la bête. L'ours, bavant du sang et de la mousse, continua d'avancer, alors qu'il mourait debout. Blade tourna les talons et se mit à courir. Le deuxième ours venait de se dresser devant Sylvo. Blade l'entendit pousser un cri de terreur qu'il comprit fort bien, car cet animal était encore plus grand et plus féroce que le premier. Tout en se ruant à l'attaque, il vit du coin de l'œil le troisième ours sortir de sa cage et se dandiner vers Taleen. Le désespoir lui serra le cœur. Il n'avait plus de temps.

L'ours, ne voyant pas arriver Blade, tendait vers la

tête de Sylvo ses griffes effrayantes. Au dernier instant, Blade abattit la hache et lui trancha la patte. L'animal rugit de surprise et de fureur et se tourna vers lui, un sang artériel rouge jaillissant de son moignon. Blade en fut inondé des pieds à la tête. La figure cramoisie, sentant dans sa bouche le goût salé du sang de l'ours, il bondit en poussant un grand cri :

— Hoooaaaaaaahhhhhhhh!

La hache de bronze tourna, scintilla, s'abattit avec une violence incroyable, mais ne décapita pas tout à fait la bête. La tête tomba sur le côté, encore retenue par des chairs velues et des tendons, le sang ruisselant en cascade tandis que la chose presque sans tête pivotait vers Blade.

Blade se tourna alors vers la princesse et poussa un grand cri. Son plan, ou plutôt celui de Sylvo, avait marché. Le dernier ours s'était arrêté pour renifler son compagnon mort, puis l'avait mordu et maintenant il s'était assis pour le manger.

C'était un animal stupide, qui ne prit même pas garde à l'approche de Blade. Il lui fracassa le crâne d'un seul coup d'Aesculp, puis il recula lentement pour se placer devant Taleen. Il présentait un spectacle horrible, il le savait, tout couvert de sang qu'il était, mais il ne put se tromper au regard qu'elle lui jeta. Elle pourrait changer d'expression dans la seconde, il n'en doutait pas, mais pour le moment elle le regardait avec adoration et s'offrait manifestement. Un aveugle l'aurait vu.

Blade, tout au feu de l'action, fut content d'elle et de lui-même. Cependant, un tel regard dans les yeux d'une femme ne présageait que des ennuis, si cette femme était Taleen, princesse de Voth. Fille capricieuse, simple enfant comme le disait le défunt Horsa, princesse arrogante, trois femmes en une auxquelles s'ajoutait maintenant une quatrième, celle qui voyait en Blade son sauveur vaillant et ensanglanté.

L'instant ne dura pas. D'autres ennuis menaçaient. La foule avait été volée de son spectacle et manifestait sa colère. Un grand rugissement de rage couvrait les quelques acclamations des admirateurs de Blade.

— Qu'on les tue! Qu'on les tue tous!

— Ramenez des ours!

— Qu'on les flagelle à mort!

— Qu'on nous donne la fille!

— Trois beaux ours perdus, et pour quoi? Cet homme est un démon, qu'on le perce de flèches!

La foule se pressait follement contre les barrières. Blade se rapprocha de Taleen et commença à trancher ses liens à coups de hache. Chose étonnante, personne n'y fit attention. La cour n'était plus qu'un tourbillon de racaille furieuse qui se bousculait et se piétinait. La reine Beata, pâle de colère, s'était dressée et glapissait des ordres à ses officiers. Un peloton d'archers fit brusquement demi-tour et décocha une volée de flèches sur la foule. La canaille hurla de plus belle, renversa les barrières et les tables, répandant le vin et les victuailles, et riposta aux archers à coups de pavés.

Blade avait enfin libéré Taleen et, la tenant fermement par le bras, il courait vers Sylvo. Le pauvre homme avait eu moins de chance. Une flèche perdue s'était logée dans le pieu, près de sa tête, et un spectateur déçu l'en avait arrachée pour le frapper au visage tout en poussant des cris inarticulés.

Blade assomma l'individu avec le plat d'Aesculp, puis il trancha les cordes de Sylvo tandis que la mêlée faisait rage autour d'eux. De nouveaux archers et hommes d'armes arrivaient en renfort. En maugréant, la foule commença à se disperser.

— Dépêchez-vous, mon maître, bredouilla Sylvo. Il y a une poterne, je l'ai remarquée quand on nous a amenés. Si nous pouvons y arriver, et courir assez vite, nous aurons une chance.

Blade trancha le dernier lien et se retourna. Son cœur se serra. Une escouade d'archers et d'hommes d'armes se dirigeait vers lui. Beata n'avait aucune intention de renoncer à son profit, ni à son plaisir.

Pendant un instant, le cœur de Blade entra en conflit avec sa réflexion. Le bon sens lui disait d'attendre et de se battre un autre jour, de guetter une meilleure occasion. Pour le moment, toutes les chances étaient contre lui. Et rien n'avait vraiment changé, il pourrait encore satisfaire la reine et Taleen serait rendue contre rançon. Il pourrait même implorer la grâce de Sylvo.

Cependant, Blade avait envie de combattre. Il bondit devant Taleen et Sylvo en brandissant haut la hache. Voyant cela, le capitaine de l'escouade donna un ordre et les archers se déployèrent, mirent un genou en terre et bandèrent leurs arcs, braqués sur Blade. Sylvo hurla :

— Non, mon maître! Ils sont trop nombreux! Rendez-vous!

— Jamais! cria Taleen.

Elle courut à Blade; il voulut la repousser mais elle se cramponna à lui, ses deux petites mains serrant son biceps énorme. Elle était congestionnée, et sa voix furieuse devint aiguë :

— Défendez-vous, Blade! Nous mourrons ici, maintenant! Au moins nous ne serons plus à cette putain! Luttez, Blade, je mourrai avec vous!

On entendit alors une sonnerie de trompettes sauvages, cruelles, menaçantes dans le brouillard humide, des trompettes annonçant pour Craghead le désastre et la mort. Puis ce furent de grands cris, un déferlement de voix barbares autour des remparts du château. Et les trompettes continuaient de sonner, inlassablement.

Pendant quelques instants, terrifiés, la populace et les soldats restèrent figés, silencieux. La rage mourut, remplacée par la frayeur. Des hommes coururent en tous sens, des femmes hurlèrent abandonnant leurs bébés en pleurs. Blade, qui observait le capitaine des archers, vit ses lèvres bouger pour lancer un commandement. La file d'archers fit demi-tour pour se placer face aux remparts. Tout le monde oublia Blade, Taleen et Sylvo.

Le tumulte faisait place au chaos absolu. Un grand cri s'éleva et sembla planer sur la cour :

— BARBE-ROUGE!

CHAPITRE X

Ce fut Sylvo qui l'aperçut le premier. Il saisit le bras de Blade et tendit une main.

— Voyez, mon maître! Là-bas près de la grande tour! Que Thunor nous protège, car c'est certainement Getorix! Celui qu'on appelle Barbe-Rouge!

Taleen n'avait pas lâché Blade et il la sentit trembler; son courage l'abandonnait. Elle était blême et ce fut d'une voix affligée qu'elle murmura :

— Tout est fini maintenant, Blade. Rien ne peut nous sauver. C'est un monstre et Frigga elle-même ne peut nous préserver d'un être aussi maléfique.

Pour le moment, ils étaient ignorés de tous et ne couraient pas de danger immédiat. Blade crispa ses doigts sur le manche d'Aesculp et leva les yeux vers la haute tour où la veille il avait dû prouver sa valeur. Il se mit aussitôt à tirer des plans; un nouveau péril exigeait de nouvelles techniques de survie. Une pensée dominait toutes les autres : dans ce qui allait survenir, il n'y aurait pas de place pour une seule erreur.

L'homme puissamment charpenté qui se tenait au pied de la tour mesurait bien sept pieds. Il portait un casque avec protège-nez qui descendait très bas sur la nuque et qui était surmonté d'une haute pointe dorée.

Un riche manteau de pourpre tombait de ses épaules gargantuesques. L'homme croisait les bras sur sa poitrine tandis que ses séides grouillaient autour de lui, et ne paraissait pas armé. De temps en temps, il lançait un ordre d'une voix tonnante, mais plus souvent il regardait en silence ses hommes investir le château de Craghead.

C'était surtout sa barbe qui frappait. Elle lui tombait jusqu'à la taille comme une cascade de feu, tressée en deux nattes et ornée de rubans multicolores. Blade, saisi d'admiration et cherchant désespérément un indice où raccrocher ses plans, remarqua que Getorix jouait constamment avec sa barbe nattée, lissant ou faisant bouffer un ruban. Et cela au cœur de la bataille. La vanité!

Soudain, et pendant un instant fugace, Blade la vit et quelque chose de doux, de douloureux et de glacé à la fois lui emplit le cœur. Ce ne fut qu'un bref éclair blanc qui aurait pu être une illusion mais ne l'était pas. Le passage évanescent d'une robe pâle, d'une sveltesse de bouleau, une vision de cheveux d'argent sous un capuchon. Drusilla! Celle qu'il avait appelée ainsi dans son rêve étrange. Elle n'avait été qu'un fantasme alors, mais elle ne l'était certainement pas à présent — à moins qu'il soit fou — et elle disparut aussi soudainement qu'elle était apparue.

De longues minutes s'écoulèrent. Barbe-Rouge était maintenant seul près de la tour et continuait de lancer des ordres. Les remparts avaient été emportés, les drapeaux frappés de la licorne foulés aux pieds, et les morts s'entassaient, de plus en plus nombreux. Blade n'avait jamais douté que Craghead fût condamné.

Sylvo le tira par la manche.

— Pourquoi tardons-nous, mon maître? La

poterne que je connais... nous avons encore une chance, mais elle diminue d'instant en instant.

Ils avaient battu en retraite — Blade était si absorbé qu'il ne s'en était pas aperçu — dans une espèce de niche formée par deux grands arc-boutants soutenant la muraille. C'était un cul-de-sac, un lieu bien choisi pour y mourir le dos au mur s'il le fallait. Blade ne le voulait pas. Il avait pris une décision. Il se tourna vivement vers Sylvo.

— Qu'est-ce que ces ruffians, et ce Getorix que l'on nomme Barbe-Rouge, prisent plus que tout au monde? Vite! Réponds!

Le malheureux Sylvo regarda son maître comme s'il avait soudain perdu la raison. Taleen secoua son apathie et protesta :

— Que nous importe, Blade! Nous sommes tous déjà morts.

Il fronça les sourcils sous le masque de sang séché.

— Peut-être pas. Eh bien, Sylvo? Réfléchis, et réponds comme si ta vie en dépendait... car c'est bien cela.

Sylvo loucha horriblement. Une lance passa au-dessus de sa tête et il se baissa.

— Le courage, mon maître! C'est ce qui a le plus d'importance pour les pirates. Le courage et les exploits guerriers. C'est tout ce qui les intéresse, devenir de grands guerriers. Mais nous ne sommes pas des pirates, mon maître, et ils méprisent tout ce qui n'appartient pas à leur tribu d'égorgeurs. Et ils ne font pas de prisonniers, à part les femmes.

Il ne regarda pas Taleen, qui déclara :

— Vous me tuerez, Blade, quand le moment viendra. Mon crâne est fragile... un tout petit coup de hache suffira.

Blade les repoussa tous deux derrière lui, contre la muraille du rempart.

— Restez là et tenez-vous tranquilles. Pas un mot ! Pas un seul ! Et toi, Sylvo, ne cherche pas à m'aider. Ni vous, Taleen. Vous gâteriez tout. Je joue un jeu désespéré, pour nous tous, mais je dois agir seul. Ouvrez l'œil, et suivez ce que je fais. Je n'ai pas le temps de vous expliquer mon plan, vous devrez le deviner vous-mêmes, et ne pas être stupéfaits par les énormes mensonges que je profèrerai. Si vous devez absolument parler, et mieux vaudrait vous taire, vous me soutiendrez dans tout ce que je raconterai. Je vais commencer. Tapissez-vous dans le fond, et prenez l'air terrifié.

Le bec-de-lièvre de Sylvo grimaça un sourire.

— Ce n'est pas un rôle bien difficile à jouer, mon maître. Ar, je serai bien convaincant !

Blade leur tourna le dos. La niche formée par les arc-boutants avait quelque huit pieds de large là où il se tenait et allait en se rétrécissant. En tendant le bras et en tenant la hache de bronze par l'extrémité du manche, il pouvait couvrir six pieds. S'il était assez leste, s'il avait de la chance, il pensait pouvoir réussir.

Ainsi Richard Blade, comme une apparition redoutable et sanguinaire, s'avança, s'appuya sur le manche de sa hache et contempla la bataille finissante en prenant une expression d'ennui et de mépris total, tandis que ses yeux ne laissaient passer aucun détail du carnage.

Quelques soldats de la reine Beata se défendaient encore mais la plupart avaient depuis longtemps jeté leurs armes en réclamant le quartier et avaient été massacrés sur-le-champ pour leur peine. La cour, le donjon, les remparts et les escaliers étaient jonchés de morts et de blessés que des pirates achevaient. Mais les vainqueurs semblaient plus intéressés par le viol et la ripaille que par les derniers combats. A vingt pas de Blade, une jeune femme potelée était allongée, entièrement nue et silencieuse, la pointe d'une épée sur la gorge tandis que, l'un après l'autre, des hommes lâchaient leur butin, la violaient, reprenaient leur butin et laissaient la place au suivant. Non loin de la fille, c'était un jeune garçon qui était brutalement violé par un soudard que ses cris faisaient rire aux éclats.

Blade leva les yeux vers la tour et vit que Barbe-Rouge y était monté; il conversait avec deux hommes portant aussi des manteaux pourpres et coiffés de casques dont la pointe était argentée et non dorée. Ils étaient grands... mais à côté de Getorix c'étaient des nains. Barbe-Rouge donna un ordre, et l'un de ces officiers, après lui avoir adressé un curieux salut de la main ouverte, fit demi-tour et s'éloigna. Il n'y avait plus la moindre trace de la svelte Dru aux cheveux d'argent, si vraiment elle avait été là. Blade en était moins sûr, à présent. La fatigue, les combats, le sang brouillent facilement l'esprit.

Enfin on le remarqua, alors même qu'il allait crier pour attirer l'attention. La niche qu'il gardait était petite, le temps sombre et couvert — le brouillard d'ailleurs se transformait en pluie — aussi était-il normal que le trio fût passé inaperçu. Mais maintenant Blade avançait dans la cour en faisant tournoyer sa hache.

Les premiers à se retourner furent ceux qui entouraient la fille nue. Ils avaient renoncé à la violer, car elle devait être morte et une dizaine d'entre eux s'approchèrent, d'un air distrait auquel Blade ne se trompa pas. Le premier, un petit homme trapu remarqua l'allure belliqueuse de Blade, son aspect horrible et menaçant et s'arrêta net. Il le considéra bouche bée. Les autres se massèrent derrière lui.

Blade, hideux sous son masque de sang, fit tournoyer de plus belle Aesculp en un cercle scintillant et railla :

— Vous hésitez, hommes de Barbe-Rouge? Pourquoi? Je suis seul! Mais vous préférez les femmes et les enfants aux combattants, et n'êtes que de la graine de lâches. Allez donc chercher un homme pour livrer bataille à votre place, s'il en existe un parmi vous!

Les pirates poussèrent en chœur un hurlement de rage, si farouche qu'il attira l'attention de Barbe-Rouge. Du coin de l'œil, Blade vit le colosse se retourner et regarder en bas dans la cour. C'était ce qu'il avait cherché et il se félicita. Un calme relatif s'établit, tandis que d'autres pirates abandonnaient les outres de vin, le pillage et le viol pour converger sur le groupe qui faisait face à Blade.

Sa voix retentit, haute et claire, dans le brouhaha, les piétinements, le tintement des armes et des cottes de mailles :

— Je sais que vous vénérez le courage, hommes de Barbe-Rouge! Pour vous, mourir au combat est grand et noble. Alors je vous en donne l'occasion. Qui viendra mourir le premier? Qui entrera aujourd'hui dans la légende? Quel nom sera chanté par les skalds dans les années à venir?

La grande hache de bronze tournoyait en sifflant au-dessus de sa tête.

— Venez mourir de la mort des héros! Aesculp s'impatiente!

Derrière lui, il entendit Sylvo marmonner :

— Par les bourses de Thunor, il est devenu fou! Ils vont nous écharper et manger notre foie pour souper!

Un des pirates assujettit une flèche à son arc et leva le bras. Un autre le lui abaissa.

— Imbécile! Tu le tues comme ça et nous serons tous pris pour des lâches comme il le proclame. Pourquoi gâcher une bonne bataille? Réjouis-toi qu'un au moins des hommes de la reine salope soit un guerrier. Jusqu'à présent, ça a été une bien méchante bataille, et voilà l'occasion de l'améliorer. Qui ira le premier?

Un grand fracas d'armes entrechoquées retentit quand ils se bousculèrent entre eux pour avoir cet honneur. Lorsque le choix fut fait non sans aigres discussions, et le silence plus ou moins rétabli, Blade prit de nouveau la parole. De la tour, Barbe-Rouge observait la scène, les bras croisés, un sourire indulgent dans la barbe.

— Je ne suis pas un des chiens de Beata! hurla Blade. Je suis prince dans mon pays, et sorcier. Et aussi un grand guerrier. Je suis venu à Craghead pour me battre, pour la vie de cette demoiselle et celle de mon serviteur, que vous voyez derrière moi. J'avais gagné et nous serions déjà loin sans votre arrivée. Alors je dois de nouveau combattre! Ce sera avec un plaisir que je ne nierai pas car j'aime tuer la canaille, mais je tiens à ce qu'on sache bien que je ne suis pas un homme de la reine Beata. Mais il suffit. Qui veut mourir le premier?

L'homme choisi s'avança, brun de peau, court de jambes mais au torse puissant et aux épaules massives. Il portait des bottes grossières, une culotte en lambeaux lacée et une peau de loup lui servait de tunique. Il avait des cheveux couleur de paille et des yeux très bleus sous un casque portant l'emblème de deux serpents enroulés sur le manche d'une hache.

Les pirates reculèrent pour former un demi-cercle et acclamèrent leur champion qui semblait méfiant.

— Wulfa! Wulfa!

— Laisse-le entendre chanter ta hache, Wulfa! Je parie qu'il n'aimera pas l'air!

L'homme portait un petit bouclier de cuir et de bois hérissé d'une pointe de fer. Le manche de sa hache était moins long que celui d'Aesculp et elle n'avait qu'un seul tranchant, l'autre ayant été limé et affûté pour former une sorte de pic, encore teint du sang de sa dernière victime.

L'homme bondit et feinta avec sa hache. Blade ne s'y trompa point, se contenta de changer légèrement de position et ironisa :

— Tu as peur, Wulfa? Qu'est-ce que ce nom veut dire dans ta langue? Pleutre?

Les pillards grondèrent et le demi-cercle se referma d'un pas.

— Tue-le, Wulfa! Coupe sa langue menteuse!

Blême de rage et de haine Wulfa feinta de nouveau et avança le bouclier à pointe vers le torse nu de Blade. Blade, s'assurant que le coup de hache était une feinte, abattit furieusement Aesculp et trancha les courroies retenant le bouclier au bras et à la main de son adversaire. Deux des doigts furent coupés net et Blade fit un bond en arrière pour se remettre sur la défensive.

Wulfa regarda ses doigts gisant dans la boue, cracha avec mépris et repartit à l'attaque, sans feinter cette fois. Il fit pivoter dans sa main le manche de la hache pour viser le crâne de Blade avec la pointe acérée. Blade contra avec Aesculp et un grand bruit métallique emplit la cour tandis que les armes s'entrechoquaient. Des étincelles jaillirent, le fracas devint assourdissant.

Wulfa s'efforçait d'attirer Blade hors de la niche, mais il ne se laissa pas faire. Poussant un cri de rage et de dépit, le pirate fit un nouveau bond, la hache levée, mais glissa dans la boue. Au lieu de parer le coup, Blade laissa la hache passer au-dessus de sa tête et puis contra d'un puissant revers d'Aesculp. La lame s'enfonça à la base du cou, si violemment qu'elle fendit l'homme jusqu'au nombril. Wulfa hurla et s'écroula tandis que Blade dégageait la hache.

Deux de ses compagnons se précipitèrent pour saisir Wulfa par les pieds et le traîner à l'écart. Blade s'appuya sur le manche de sa hache de bronze et leur sourit ironiquement.

— Au suivant!

Les pirates ne criaient plus. Ils l'observaient avec méfiance et marmonnaient entre eux. Certains se retournèrent nerveusement vers Barbe-Rouge, qui regardait toujours du haut de la tour.

Blade les railla, en grimaçant sous le sang qui le recouvrait, celui de Wulfa s'étant ajouté à celui de l'ours.

— J'avais donc raison? Vous n'osez pas affronter un homme? Vous ne savez vous en prendre qu'aux femmes et aux enfants?

Le deuxième adversaire était aussi grand que Blade. Il n'avait pas de casque et se battait à l'épée et à la dague. Blade commençait à se fatiguer et n'osait pas le montrer. Il compta silencieusement jusqu'à dix. A neuf, il frappa. La tête de l'homme s'en alla rouler dans une flaque, les yeux ouverts regardant encore avec surprise ses compagnons.

Le bras de Blade s'alourdissait et malgré tout il

brandit Aesculp comme si ce n'était qu'un léger bâton.

— Pas de suivant? Qu'attendez-vous, guerriers? Il n'y a pas de gloire à vivre, alors venez donc mourir!

Il joua un peu avec le troisième, et le tua à la seconde passe d'armes. La hache de bronze frappa à la gorge et la tête retomba en arrière, retenue par un lambeau de peau, pour pendre grotesquement entre les épaules de l'homme.

Blade, bien qu'il eût à présent le souffle coupé, brandit sa hache en les menaçant.

— Aesculp a soif aujourd'hui. Qui va lui offrir son sang?

Pendant quelques instants, personne ne bougea. Les murmures étaient plus inquiets. La pluie redoubla, lavant le sang de la figure et du corps de Blade. Derrière lui, Taleen et Sylvo étaient tapis, silencieux comme il l'avait ordonné et il leur en était reconnaissant. Il ne pourrait lutter longtemps; s'il devait gagner la partie, il ne fallait plus tarder.

Un nouveau cri monta du groupe de pirates.

— Jarl! Jarl! Jarl!

L'homme qui s'avança pour affronter Blade n'était que de taille moyenne mais ses bras semblaient aussi forts et musclés que les siens. Il avait des jambes velues et arquées. Il portait un manteau de pourpre et un casque à pointe d'argent. Blade le reconnut; c'était un des deux officiers qu'il avait vu causer avec Barbe-Rouge.

Celui que l'on appelait Jarl sourit à Blade d'un air énigmatique. Il avait la figure glabre — ce qui était rare ches les maraudeurs — et des yeux gris assez écartés, pétillant d'intelligence. Sous le manteau pourpre il portait un corselet de cuir et de bronze sous une légère cotte de mailles et, au lieu des braies habituelles, un kilt d'épais tissu à carreaux qui s'arrêtait à mi-cuisses.

Il salua Blade avec une large épée tout à fait semblable à celle qui avait tué Horsa, et s'adressa à lui d'une voix claire et vaguement amusée, sur un ton qui trahissait l'homme cultivé.

— On dirait, déclara celui que l'on appelait Jarl, que mes chiens n'ont plus grande envie de vous mordre. Je ne puis les blâmer, messire, car vous vous battez comme un enragé. Mais vous mourrez tout de même. J'avoue le regretter car j'admire votre façon de manier la hache.

Blade fronça les sourcils, comprenant qu'il allait être mis à rude épreuve. Cet homme avait un cran qui faisait défaut aux autres.

— Viens donc faire connaissance avec Aesculp, grinça Blade. Tu l'admireras un peu moins!

Jarl sourit en frottant son menton lisse.

— Vous pourriez vous rendre. Je n'ai guère envie de vous tuer, en vérité. Rendez-vous avec honneur, et tentez votre chance.

— Je le pourrais, mais pas contre des promesses, gronda Blade. Je suis prince dans mon pays et entends être traité selon mon rang. J'exige aussi la vie sauve pour mon serviteur et la jeune fille.

Les yeux gris de Jarl se plissèrent.

— Vous *exigez?*

— J'exige! cria Blade et la hache de bronze tournoya.

Jarl leva sa grande épée et avança.

— Je regrette, mais je n'ai pas d'autorité pour satisfaire les exigences de ceux qui sont assez fous pour en avoir. Seul Getorix peut le faire, et la seule réponse qu'il fait aux exigences, c'est la mort! Je suis bien marri de vous voir si insensé, car je préfèrerais que vous vous battiez avec nous plutôt que contre nous. Les guerriers de votre trempe ne se recrutent pas aisément.

— Alors appelle Barbe-Rouge, clama hardiment Blade. Un marché est possible, car je tiens à la vie comme tout le monde, et je sais que je ne puis vous tuer tous. Mais si Barbe-Rouge commande seul, lui seul peut traiter avec moi! Je n'ai que faire des subalternes.

— Nous verrons qui est subalterne, murmura Jarl. En garde!

Jarl frappa immédiatement d'estoc, sans perdre de temps à des feintes et Blade para tout juste le premier coup. Une nausée lui monta à la gorge; il avait le cœur en plomb, il sentait l'épuisement le gagner et cet homme était un sabreur. Une peur glacée le saisit, puis il se secoua. Tout homme devait mourir un jour.

Encore une fois, l'épée de Jarl, frappa, rapide comme le dard d'un serpent, et sa pointe érafla l'avant-bras de Blade. La vue du sang fit pousser un cri de joie aux pirates.

— Jarl! Jarl! Jarl!

Jarl souriait, avec un peu de mélancolie.

— Si je dois tuer un homme brave, murmura-t-il, j'aimerais au moins connaître son nom. Comment t'appelles-tu?

— Je suis Blade. Le prince Blade de Londres!

Le mensonge lui était venu tout naturellement aux lèvres, sans effort de sa part. Il bondit sur Jarl en faisant appel à ses dernières forces et le repoussa. La hache de bronze devenait de plus en plus lourde, la sueur ruisselait sur sa figure et l'aveuglait, ses poumons étaient en feu.

Soudain un cri résonna comme une trompette de bronze et se répercuta dans le silence de la cour.

— Arrêtez!

C'était Barbe-Rouge, penché aux créneaux. Aussitôt, Jarl abaissa son épée et recula d'un pas. Un murmure de déception courut parmi les pirates. Barbe-Rouge, les mains en porte-voix, cria de nouveau :

— Arrêtez! Toi, Jarl, offre à cet homme sa vie et son honneur. Celle de ses compagnons aussi. Un tel guerrier ne doit pas être méchamment abattu. Mais il me doit la vie de trois des miens, et il devra payer. Veille à cela, Jarl. Tu peux parler en mon nom.

Blade leva les yeux. Barbe-Rouge, les poings sur les hanches, l'observait. La distance était grande et pourtant Blade sentit l'impact de ces yeux fauves qui le dévisageaient, au-dessus de la barbe flamboyante.

— Toi, l'étranger, écoute Jarl! Sa parole est la mienne. Accepte mon offre ou refuse-la. A toi de choisir. Je ne la répèterai pas.

Sur ce, Barbe-Rouge se tourna vers l'autre officier et ils disparurent dans la tour. Jarl soupesa son épée, en considérant Blade.

— Eh bien, Blade? Que décides-tu?

Les spectateurs protestaient à mi-voix. L'un d'eux s'enhardit :

— Tue-le, Jarl! Nous dirons tous qu'il a refusé la miséricorde!

— Qui paiera pour ceux-là? dit un autre en désignant les trois victimes de Blade.

Jarl les toisa avec mépris.

— Taisez-vous, chiens que vous êtes! Vous avez

tous entendu Barbe-Rouge. Le prochain qui élèvera la voix perdra son butin.

Cette menace fit beaucoup d'effet, bien plus que si on leur avait promis la mort. Ils se turent aussitôt. Jarl se retourna vers Blade.

— Tu te rends?

Du fond de l'alcôve, Sylvo lança :

— Rendez-vous, mon maître! Le marché est bon. Nous gardons notre tête et je n'en espérais pas tant. Et, comme disent les Drus, tant qu'il y a de la vie, y a de l'espoir.

Blade regarda Taleen.

— Et vous, princesse?

Elle le contempla avec adoration.

— Ce que vous ferez sera bien, prince Blade. Je vivrai ou je mourrai avec vous. Le choix est vôtre.

Blade se tourna vers Jarl. Leurs regards se croisèrent et ils se mesurèrent longuement. Enfin, Blade jeta la gigantesque hache de bronze aux pieds de son adversaire d'un moment.

— Je me rends, selon les termes de Barbe-Rouge.

Jarl ramassa la hache et la rendit à Blade, non sans l'avoir soupesée et balançée.

— Une bien belle arme... Dommage, Blade, dans un sens. Nous saurons jamais quel est le meilleur de nous deux.

Blade reprit Aesculp avec un bref hochement de tête de remerciement. Il avait besoin de toute sa volonté pour ne pas vaciller de fatigue.

— Cependant, reprit Jarl, qui peut savoir? Une autre fois peut-être, Blade? Mais c'est Thunor qui en décidera, pas nous.

Blade parvint à sourire.

— Je demande des appartements, pour moi-même

et mes compagnons, Jarl. De quoi boire et manger et nous vêtir décemment. De l'eau pour nous baigner car nous sommes tous dégoûtants. Dites à votre Barbe-Rouge que je suis à sa disposition, quand il le voudra.

Jarl sourit aussi, de son air énigmatique.

— Ce ne sera pas avant la nuit, je pense. Notre chef a fort à faire... le partage du butin, le viol et le châtiment de la reine putain. Mais ce soir il y aura un grand festin de victoire et tu rencontreras Barbe-Rouge, n'en doute pas.

Jarl s'écarta, fit un signe de la main et Blade, Taleen et Sylvo s'avançèrent, passant entre les rangs hostiles des pirates déçus.

CHAPITRE XI

La première moitié de la stratégie de Blade ayant porté ses fruits, il commença immédiatement à préparer la seconde. Cependant il se hâtait lentement et prudemment, avec ruse et à tâtons. Un seul faux pas, et ce serait fini. Il n'aurait pas droit à une seconde chance.

On lui avait donné une belle chambre donnant sur la mer que le brouillard cachait encore. Jarl lui avait expliqué qu'en cette saison il y avait toujours de la brume, aussi Barbe-Rouge n'avait-il fait qu'une feinte à Penvey, au sud, pour y attirer Lycanto et ses Albiens. Des espions avaient été envoyés en Alb pour faire courir le bruit d'une attaque imminente sur Penvey. Mais Alb était un royaume pauvre qui ne valait guère d'être pillé et dès que Lycanto s'était mis en marche, les longs et sveltes vaisseaux de guerre de Barbe-Rouge avaient remonté la côte vers le nord et l'ouest, comme des fantômes dans le brouillard gris, pour s'emparer de Craghead par surprise.

Blade dormit tout l'après-midi tandis que Sylvo ronflait dans un coin sur un tas de peaux de bêtes. Quand son serviteur le réveilla, la nuit était tombée. Les cieux s'étaient dégagés et une pâle lueur amorçait le clair de lune. Le même vent qui avait chassé le brouillard faisait claquer l'étendard frappé des serpents de Getorix au sommet de la plus haute tour de Craghead. Le tumulte des réjouissances et de la beuverie montait de la grande salle à manger de la reine Beata.

Un bain brûlant fut préparé et Blade s'y prélassa un moment, après quoi Sylvo le frictionna avec un linge fin, lui brossa la barbe et le coiffa, sans cesser de bavarder :

— Un messager est venu. Vous êtes invité au festin, ce soir, à la table de Getorix. Jarl viendra vous chercher, mon maître. Vos brûlures vont beaucoup mieux. je vous avais bien dit que cette pommade était magique...

Blade voulut parler, mais Sylvo pousuivait :

— On dit que la Beata a été bien violée, d'abord par Barbe-Rouge en personne et puis par la moitié de ses hommes et qu'elle va être enfermée dans une cage de fer accrochée au plafond, pour y mourir. Ar, pour une fois elle a dû être rassasiée d'hommes! Ceux de ses soldats qui se sont rendus doivent être exécutés demain et les femmes et les enfants seront vendus comme esclaves dans le pays au-delà de la Mer Étroite. Ar, mon maître, nous avons eu de la chance de sauver notre peau, grâce à votre habileté avec la hache...

— Et la princesse Taleen? interrompit Blade.

— Ma foi, mon maître, elle n'est pas mal traitée. Les kyries s'occupent d'elle.

— Les kyries? Qu'est-ce donc?

Le bec-de-lièvre de Sylvo frémit et il cligna de l'œil.

— Des femmes, mon maître. Solides, blondes, bien en chair, qui se promènent les seins à l'air et qui veillent aux besoins des combattants. En Alb, on les aurait appelées des ribaudes, et il est probable qu'elles le sont, mais je crois qu'elles sont plus que ça. Il paraît qu'il leur arrive de porter les armes et de se battre aux côtés des hommes. Elles soignent les blessés, font la cuisine, apportent aux assoiffés du vin et de la bière... et leur fournissent autre chose, si vous voyez ce que je veux dire! Il y en a qui sont rudement belles, mon maître. Moi, je...

— Toi, tu ne vas surtout pas toucher aux kyries. Ni au vin ni à la bière! J'ai un plan, je risque d'avoir soudain besoin de toi, désespérément, et il ne faudrait pas que tu sois ivre. D'ailleurs ce serait malsain pour toi d'aller renifler autour des kyries. Tu risques de te retrouver raccourci d'une tête. As-tu bien compris?

Sylvo hocha vigoureusement la tête et vaqua à ses occupations en se contentant de marmonner tout bas.

Blade se revêtit des vêtements que l'on avait apportés pour lui. Il y avait là un kilt, à la place de braies, une tunique de toile fine avec un corselet de cuir à mettre par-dessus, une espèce de caleçon, des sandales lacées haut mais pas de casque, ce que Blade comprit. Il n'était pas encore accepté comme pair par les corsaires, bien qu'il eût gagné ce droit en combattant. Il ne s'en formilisa pas. Aesculp, ses lames de bronze nettoyées et polies, lui avait été laissée.

Il finit de s'habiller et se tourna vers Sylvo.

— As-tu toujours les perles noires? demanda-t-il.

— Certes oui, mon maître. Les hommes de Barbe-Rouge n'ont pas jugé bon de me fouiller.

Il tira de sa ceinture le petit sac de cuir et le remit à Blade.

— Merci. Je vois que tu es toujours un aussi bon voleur.

Lorsque les filets étaient tombés et que Blade avait succombé sous le nombre de ses assaillants, les hommes de la reine Beata l'avaient fouillé et s'étaient emparés des perles noires. Sylvo lui avait raconté la suite :

— Le maraud qui vous a pris les perles s'est aussi approprié ma bourse, et pendant ce temps je lui ai subtilisé le sac de cuir. Plus tard, j'ai récupéré mon argent, mais j'ai glissé la bourse dans la poche d'un de ses compagnons. Sur quoi ils se sont disputés et ont bien failli se battre. Un spectacle bien réjouissant !

Blade fit glisser dans sa paume les sombres perles lumineuses. Il choisit la plus grosse, qu'il glissa dans un pli de sa tunique.

— Tu dis que ces pirates prisent beaucoup les perles ?

— Ar, mon maître, c'est ce qu'on dit.

— Nous verrons bien, murmura Blade en rendant le sac à Sylvo. Cache bien ceci. Nous pourrions en avoir besoin.

Jarl arriva pour conduire Blade à la grande salle. Comme ils traversaient la cour, le tumulte de la beuverie déferla sur eux.

— Getorix a lâché la bride à ses hommes, ce soir, dit Jarl. Ils ont bien combattu, ils ont passé de longues journées en mer, Mais prends garde, Blade, de ne pas attirer leur colère car ils ne t'aiment guère. Tu as tué trois de leurs frères aujourd'hui.

— En combat loyal, Jarl. Sont-ils des enfants, qu'ils gardent rancune ?

Un billot avait été installé au milieu de la cour et Blade feignit de s'y intéresser. Il voulait surtout s'attarder pour avoir une conversation avec Jarl. Il prit la hache du bourreau plantée dans le bois et la soupesa.

— Pour demain, expliqua Jarl. Getorix compte leur donner le sang qu'ils réclament. Ce qui répond en quelque sorte à ta question. Oui, ce sont des enfants, maussades, imprévisibles, que l'on doit traiter en enfants. Getorix lui-même, parfois, n'est pas si...

Il se tut brusquement et se détourna comme s'il en avait trop dit. Blade dressa l'oreille. Gétorix serait donc aussi un enfant capricieux? C'était bon à savoir.

Jarl tapa impatiemment du pied dans la boue. Il était chaussé de hautes bottes de cuir souple, portait un nouveau manteau et une lourde chaîne d'or entourait ses puissantes épaules.

— Allons, dit-il brusquement. Getorix n'aime pas attendre.

Blade reposa la hache sur le billot.

— Parfois tu l'appelles Getorix, les autres Barbe-Rouge. Pourquoi?

— Je l'appelle comme je veux. Je suis son beau-frère, j'ai épousé sa sœur Perdita et je jouis de certains privilèges. Ce qui n'est pas ton cas, Blade... Je me suis pris d'amitié pour toi. Getorix n'aime personne, mais il admire le courage et l'adresse au combat et, ce qui est plus important, il a besoin de bons officiers. Nos maroufles se battent bien, mais doivent être aussi bien commandés. Je me suis entretenu avec Getorix, et il a l'intention de te nommer capitaine. A l'essai, bien sûr. Mais suis mes conseils. Ton nouveau rang ne te donne pas encore le droit de poser des questions. A moi, tu peux parler, mais Getorix déteste les questions et se méfie de ceux qui les posent. Il exige l'obéissance et le silence. Tâche de ne pas l'oublier.

Blade s'inclina légèrement et porta une main à son front, comme il l'avait vu faire aux pirates.

— Je te remercie, Jarl. Je crois que nous serons amis. Cependant, j'oserai te poser une dernière question.

Ils étaient arrivés à l'entrée de la vaste salle et deux hommes, postés en sentinelles, coiffés de casques à cornes et armés de la lance et du bouclier, les observaient sombrement.

— Alors sois bref, par Thunor, grogna Jarl. Ces porcs vont finir la bière et le vin avant que nous soyons assis, et j'ai grand soif!

— Quand vous avez surgi, dit Blade en baissant la voix, et que j'ai vu Barbe-Rouge pour la première fois, j'aurais juré qu'il y avait une femme avec lui. Une femme vêtue de la longue robe blanche des Drus. Une femme à cheveux d'argent. Ai-je rêvé, Jarl? Mes yeux m'ont-ils trompé?

Son compagnon changea d'expression. Sa figure glabre s'assombrit et les yeux gris le considérèrent sans aménité.

— Tu vois trop de choses, Blade. Tu poses trop de questions. Encore une fois, ne te mêles pas de ce qui ne te regarde pas, sinon nous ne pourrions être amis, ce qui me navrerait. Allons, viens!

Blade sourit.

— Ainsi, elle était bien là! Elle est ici... une Dru, qui s'appelle Drusilla... N'est-ce pas?

Était-il possible, ce nom? Jamais il n'avait cru aux rêves prémonitoires, et cependant...

— Drusilla est un titre, pas un nom, grogna Jarl avec irritation. Cela signifie maîtresse de toutes les Drus. Quant à savoir si elle est ici, je ne puis rien te dire car je l'ignore. Maintenant viens, et surveille ta langue sinon notre amitié sera brève.

Blade suivit Jarl, persuadé qu'il mentait. Il savait qu'il devait être prudent, qu'il avançait sur des sables mouvants, mais il ne pouvait oublier son rêve ni la réalité de cette ravissante femme aux cheveux d'argent, de l'épée d'or et de la victime sacrifiée. Il ne savait plus définir la réalité, entre le rêve et la scène de la clairière, mais il savait que la Dru aux cheveux d'argent le hantait et qu'il ne pourrait se défaire de cette hantise.

En entrant dans la salle, Blade retomba sur terre. Le bruit était assourdissant et l'odeur de quelque deux cents corps mal lavés le prit à la gorge. La fumée des torches lui piqua les yeux. Les hommes buvaient et se disputaient, chantaient et riaient, certains dormaient dans des flaques de vin renversé. Il y avait des chiens partout qui se battaient entre eux pour un os et mordaient parfois une cheville ou un mollet.

De longues tables sur tréteaux avaient été installés, croulant sous les plats et les bassines de vin. Les kyries allaient et venaient, portant des hanaps et des cornes de bière mousseuse. Jamais Blade n'avait vu tel étalage de seins et de fesses roses et rebondis. Elles étaient toutes blondes ou rousses, coiffées d'un casque de cuir et simplement vêtues d'une légère culotte bouffante en toile fine. Bien des mains se tendaient vers elles et de temps en temps elles distribuaient aux plus audacieux des gifles retentissantes.

Avec un certain étonnement, Blade constata que Jarl considérait ces femmes avec dégoût. Tandis qu'un serviteur, portant un collier de fer marqué de l'emblème des serpents, les accueillait pour les conduire à leur table, Jarl expliqua :

— On les appelle les filles de guerre. Filles à soldats ou putes leur irait mieux. Mais Getorix jure qu'elles sont nécessaires et refuse de les renvoyer.

Ils s'installèrent à une petite table non loin de l'endroit où Barbe-Rouge était assis sur le trône de Beata. Il ne parut pas prendre garde à leur arrivée mais continua de s'entretenir avec ses officiers. Il portait un manteau écarlate qui dissimulait entièrement son corps massif, et sur la tête une couronne d'or faite de serpents enlacés. Sa barbe flamboyante était tressée et garnie de nouveaux rubans du menton jusqu'à la taille. Entre deux gorgées de bière, il jouait avec ces nattes ou ajustait un ruban.

Blade estima que le moment était bien venu pour entamer sa campagne. Il commença donc par Jarl, qui n'était pas sa véritable cible. Il remarqua que son compagnon avait déjà vidé un grand pichet de vin et en attaquait un second, et pensa avoir découvert le point faible de cet homme si différent des autres pirates.

Feignant d'être fâché, il gronda :

— Je ne pensais pas que nous souperions seuls. Et toi? Serions-nous des manants, indignes de nous asseoir à la table du grand homme qui orne sa barbe de rubans comme une fille ses cheveux?

Jarl sursauta, blêmit et reposa si violemment son hanap que le vin se renversa.

— Es-tu fou, Blade? Baisse donc la voix, par Thunor! Et prends patience. Tu ne peux tout comprendre.

— C'est vrai, cria Blade. Je croyais avoir gagné un rang de guerrier. Pourquoi ne suis-je pas traité comme il convient?

Barbe-Rouge causait toujours avec ses officiers et ne semblait pas prendre garde à la discussion.

— Patience, répéta Jarl. Tu ignores nos coutumes. Tu as été honoré. Moi, Jarl, j'ai été nommé pour te tenir compagnie, pour être ton frère d'armes et t'enseigner nos coutumes jusqu'à ce que ta période d'essai soit terminée. Au nom de Thunor, Blade, renonce à cette querelle sinon nous redeviendrons ennemis. Et je ne le voudrais pas, car j'ai de l'amitié pour toi.

Blade, qui aimait aussi Jarl et qui avait désespérément besoin d'un ami, se força à lui chercher querelle, afin d'irriter Barbe-Rouge. Il gronda sur un ton rogue :

— Je n'ai que faire de l'amitié d'un homme qui porte une jupe. Et qui en fait porter à ses amis!

D'une main tremblante, Jarl souleva son hanap.

— Tu es ignorant et je ne relèverai pas ce propos. Dans mon pays, le kilt est un vêtement honorable.

— C'est possible, mais je n'ai pour cela que ta parole.

Livide, Jarl se pencha sur la table.

— Par la barbe de Thunor, Blade, ne vas pas trop loin! Je veux être ton ami mais je ne souffrirai pas...

Blade, qui observait Barbe-Rouge du coin de l'œil vit que le colosse les regardait. Le silence s'était fait autour du trône tandis que les officiers se taisaient et suivaient le regard de leur chef. Il éleva la voix :

— Autre chose! Je ne comprends pas que tu aies constamment recours à Thunor. Vous n'avez donc pas de dieux, qu'il vous faille emprunter ceux des Albiens?

Jarl sourit et pendant un instant l'atmosphère se détendit.

— Tous les dieux sont bons pour nous. Nous en

empruntons, certes, à nos vaincus. Quant à moi, je n'en ai que faire. Les dieux sont pour les gens simples. Allons, bois! Oublions ce qui a été dit. Et surveille ta langue, sois prudent. Plus tard tu comprendras pourquoi je t'en prie.

Le cœur de Blade se serra. Jarl tentait si vaillamment de retenir son nouvel ami! Mais il devait poursuivre, se servir de Jarl comme d'un levier pour provoquer Barbe-Rouge. Et il devait le faire tout de suite, devant cette assemblée de barbares. Il fallait jeter le gant à Barbe-Rouge de manière qu'il ne pût l'esquiver, ni régler la question discrètement, d'un coup de couteau furtif. Sa seule chance était de défier publiquement Barbe-Rouge en mettant en doute son honneur et son courage.

Il toisa donc Jarl d'un œil ironique et méprisant.

— Tu m'intrigues, Jarl, et je me demande pourquoi tu tiens tant à être mon ami. Que dois-tu y gagner? Je remarque que tu es bien supérieur à cette racaille, et je parie que tu sais lire et écrire, ce dont ces gens sont bien incapables. Tu dois être aussi le trésorier et le scribe de cet ours qu'on appelle Barbe-Rouge. Et tu as épousé sa sœur, hein? C'est ainsi que tu obtiens des faveurs?

Ces derniers mots, lancés à très haute voix, atteignirent aisément le trône et le groupe qui l'entourait. Barbe-Rouge se dressa comme une gigantesque statue et fit un geste impérieux.

— Qu'on m'amène ce Blade!

Jarl plongea le nez dans son hanap et refusa de croiser le regard de Blade. L'ivresse commençait à le gagner mais sa parole était encore concise, et son esprit aigu.

— Il suffit! Tu as ce que tu désires. Je n'ai jamais

cru que c'était à moi que tu cherchais querelle... Maintenant tu l'as, avec Barbe-Rouge. J'espère que Thunor te protégera. Tu vas avoir besoin de lui, et de tous les autres dieux que tu peux invoquer.

Un autre des capitaines de Getorix, magnifique en manteau violet et casque à pointe d'argent, frappa sur l'épaule de Blade et gronda :

— Tu as entendu notre chef. Obéis!

Blade s'avança vers le trône d'un pas souple et assuré, avec un soupçon d'arrogance admirablement feinte. Jusque-là, tout allait bien. Il avait obtenu ce qu'il voulait.

Les pirates avaient cessé de ripailler, de boire et de chanter. Le silence tomba sur la vaste salle, et tous les yeux suivirent Blade tandis qu'il atteignait le trône et affrontait fièrement Barbe-Rouge.

Getorix resta debout. Blade ne s'inclina pas. Leurs regards s'accrochèrent et tous deux comprirent, sans avoir besoin de parler, que Craghead ne pourrait les abriter tous les deux.

Les petits yeux de Barbe-Rouge étaient bleus, durs comme des agates, glacés. Il joua avec un ruban de sa barbe tout en examinant Blade des pieds à la tête.

— Tu te querelles avec Jarl, étranger?

Blade, les poings sur les hanches, soutint le regard du colosse.

— Non, Barbe-Rouge. C'est à toi que j'en ai!

Un murmure de stupéfaction courut comme une brise dans la salle. Barbe-Rouge hocha la tête.

— Vraiment? Et pourquoi donc, étranger? N'as-tu pas été assez bien traité?

Blade hésita et commença à s'inquiéter. Barbe-Rouge, comprenant qu'il était manipulé, allait-il temporiser et se tirer de cette querelle? Pour régler ses comptes plus tard, dans l'ombre, sans lui laisser aucune chance? Il se ressaisit pourtant.

— J'ai été bien traité et je t'en remercie. Mais cela ne suffit pas! Je ne suis pas un subalterne. Je suis prince de Londres, comme je te l'ai dit. Je suis un chef et j'entends donc commander. Tu as pris ce trône, Barbe-Rouge. Moi, je veux m'y asseoir. Je ne crois pas qu'il soit assez grand pour nous deux.

Les petits yeux bleus se rétrécirent. Le colosse joua avec les rubans de sa barbe. Puis il sourit, d'un sourire cruel qui révéla quelques chicots noircis.

— Tu es un vrai guerrier, étranger. Je l'ai vu de mes propres yeux. Et pour le moment — jusqu'à ta mort — je consens à te reconnaître prince de ce pays de Londres que je ne connais pas. Tu l'es peut-être. Thunor sait que tu parles assez hardiment pour être prince. Et tu vas droit au but, ce qui me plait. Je suis un homme simple qui ne sait même pas écrire. Jarl le fait pour moi, et il se bat aussi pour moi car il est un grand guerrier, le meilleur et le plus brave malgré ses manières de clerc.

— C'est toi que je défie, pas Jarl!

Les mains de Getorix étaient aussi énormes que les pattes des ours que Blade avait tués; il les porta de nouveau à ses rubans. Il ergotait et semblait s'amuser, et Blake s'en étonna, pris d'un soudain malaise. Jarl l'avait bien dit; il se passait là des choses qu'il ne comprenait pas. Barbe-Rouge ne se pressait pas. Il regarda froidement Blade.

— J'ai accroché la reine putain dans une cage, exposée au vent glacial. Elle souffrira longtemps avant de mourir. Comment se fait-il que tu ne crains pas de partager son sort? C'est encore moi qui règne ici.

La riposte de Blade sonna haut et clair, comme un éclat de trompettes.

— Parce que si tu me faisais ça, Barbe-Rouge. Tu ne règnerais plus. Tu te proclamerais lâche, tu avouerais que je te fais peur. Je t'ai lancé publiquement un défi loyal, en vertu de mon rang de guerrier que tu m'as toi-même accordé. Je ne connais pas toutes vos lois mais je veux bien parier ma vie contre la tienne qu'il existe une loi commune t'ordonnant de relever tout défi porté à ton commandement.

Un nouveau murmure courut dans la salle et Blade comprit qu'il venait de marquer un point. Alors, pour aggraver l'insulte et avec une ruse dont il ne s'était pas cru capable, il tira de sa tunique l'unique perle noire. Il la présenta aux yeux de tous, la tenant entre le pouce et l'index. Elle était presque aussi grosse qu'un œuf de pigeon et luisait sombrement comme une larme de démon. Il changea de ton et devint plus blessant, tout en restant impassible :

— Il paraît que toi et ton peuple attachez beaucoup de prix à ces babioles, Barbe-Rouge. J'en ai d'autres. Si, comme je commence à le penser, tu as peur de te battre contre moi, peut-être me vendras-tu tes hommes et ta couronne?

C'en était trop. Un grand rugissement monta des longues tables, mais Getorix garda le silence et continua d'observer Blade de ses petits yeux sournois. Et il sourit dans sa barbe de feu comme un homme qui sait qu'il ne peut perdre.

De toutes parts, des cris fusaient :

— Tue-le, Barbe-Rouge!

— Assez! Montre-nous son cœur et son foie!

— Il a le droit de défier, alors accorde-lui ce qu'il cherche! La mort!

Getorix les laissa hurler un moment puis il leva une main pour imposer silence. Lorsque le calme fut rétabli, il se tourna pour murmurer un ordre à un officier, qui partit aussitôt.

— Tu as parlé, prince de Londres, et je t'ai écouté patiemment. A mon tour maintenant! C'est moi qui dois te remercier, car tu viens de simplifier une affaire difficile. Il y a ici une femme, la princesse Taleen. Elle est la fille de Voth du Nord et elle dit qu'elle est ta fiancée. Que vous allez vous marier dès qu'elle sera rentrée à Voth. Est-ce vrai?

Blade maudit la petite péronnelle! Mais il n'avait pas le temps de s'interroger sur ses mobiles. Comme il avait ordonné à Taleen et Sylvo de le soutenir dans ses mensonges, ainsi devait-il la soutenir à présent. Il hocha la tête.

— C'est vrai. Nous devons nous marier. Mais quel rapport avec notre querelle? Tu cherches à t'esquiver, Barbe-Rouge! cria-t-il élevant la perle noire. Vas-tu te battre, ou me vendre ce que tu possèdes?

Barbe-Rouge tendit une main et prit la perle des doigts de Blade. Il l'examina un moment, puis il la lança dans la foule. Il y eut une furieuse bousculade et quelques dagues scintillèrent.

— Voilà ce que je fais de ta perle! Je n'aime pas les perles noires. C'est une perle blanche que je convoite, la princesse Taleen. Mais tu l'as dit, nous avons des lois. Nous sommes très stricts en ce qui concerne les femmes. Si tu es véritablement fiancé à la princesse, je ne puis la prendre autrement qu'à ta mort! C'est un beau prix, prince de Londres, et quand je t'aurai tué elle m'appartiendra. Le roi Voth n'aura rien à dire car Jarl, qui connaît les lois, me dit qu'elles sont les mêmes au royaume de Voth. Alors je te remercie, prince Blade. Je me demandais comment t'enlever Taleen, car si je t'avais fait tuer mes hommes auraient murmuré. Mais tu me facilites les choses. Maintenant je pourrai me débarrasser de toi en toute bonne conscience, prince, et prendre de même ta femme. Et elle en sera témoin, afin que le roi Voth ne doute pas de la vérité.

Blade suivit le regard de Barbe-Rouge. Taleen, entourée de quatre kyries, avançait vers le trône. Blade retint son souffle et oublia sa colère. Jamais il ne l'avait vue aussi belle, aussi digne, aussi pâle. On avait coiffé ses longs cheveux roux et ceints d'un bandeau d'or. Ses petits pieds étaient chaussés de sandales rouges et son long manteau à reflets d'or ceinturé de soie écarlate châtoyait à chaque pas, en se plaquant sur ses cuisses.

Taleen lui tendit les bras et voulut parler mais les kyries l'entraînèrent vivement et la firent asseoir à côté du trône. Blade se détourna. Il aurait préféré lui épargner ce spectacle, et il n'avait rien à lui dire.

Barbe-Rouge l'observait attentivement. Des hommes dégageaient un espace devant le trône.

— Tu m'as porté un défi devant tous mes soldats. J'ai donc le choix des armes!

— A ton aise, répondit Blade. J'utiliserai ma hache de bronze, Aesculp. Qu'on aille la chercher.

Getorix sourit dans sa barbe. Les rubans dansèrent.

— Inutile, prince. Voici les armes que je choisis.

Il tendit ses deux mains. Blade les examina en pensant qu'elles étaient plus massives que les pattes des ours, deux fois plus grandes que les siennes qui n'étaient pas petites. Un rugissement de joie monta de l'assemblée. Blade sentit que les hommes avaient déjà vu ces mains étrangler un adversaire. Il fit aussitôt appel à sa volonté, se força à réveiller sa mémoire défaillante. Une fois, dans cette autre dimension presque oubliée, il avait tué avec ses mains. Karaté? Judo? Oui, bien sûr. Il avait été un judoka expert! Saurait-il se rappeler la technique?

Barbe-Rouge se dépouilla du manteau écarlate et apparut torse nu. Le cœur de Blade se serra. Il était lui-même puissant, il avait connu des hommes plus musclés que lui mais jamais il n'en avait vu de semblable. Ce n'était plus un corps humain mais une statue de bronze (car Getorix était hâlé par le soleil et le vent du large) dont tous les muscles semblaient sculptés par la main d'un maître.

Blade fouilla sa mémoire; il abaissa sa main droite contre sa cuisse, écarta le pouce et tendit les doigts. Oui! Frottant le tranchant de sa main contre sa peau nue, il sentit les cals, du bout du petit doigt au poignet. Oui, tout lui revenait. Sa main droite était, littéralement, une hache de chair.

Il y avait d'autres choses, bien d'autres détails dont il devait se souvenir. Les prises, les points de pression, les nerfs, toutes les ruses du combat de rues qu'il avait jadis bien connues.

Blade défit son corselet de cuir, ôta sa tunique et les tendit à l'homme qui s'était avancé. Jarl restait assis à la table, son hanap à la main, et détournait les yeux. Blade jeta un dernier coup d'œil à Taleen. Elle était assise très droite, les mains croisées sur les seins, la figure blanche comme du lait. Il la vit trembler. Elle s'était mordue la lèvre au sang.

Barbe-Rouge avança dans l'espace dégagé entre les tables. il était carré, à peu près de la taille d'un ring de boxe, pensa subitement Blade. La boxe? Y aurait-il là un secours?

Barbe-Rouge leva une main pour imposer silence. Lorsque tout le monde se tut il ne regarda pas Blade mais Jarl et ses paroles, sa voix, toute son attitude eurent soudain quelque chose de royal qui força l'admiration de Blade.

— Les dieux sont étranges et nul homme ne sait ce qu'ils décident. Moi, Getorix que l'on appelle Barbe-Rouge, je n'ai jamais cru aux dieux, et cependant je reconnais leur pouvoir. Si cet étranger doit me prendre la vie et mon royaume, alors c'est écrit et je n'y puis rien. Si je suis vaincu, je vous ordonne à tous d'accepter le prince de Londres comme votre nouveau chef. Vous lui obéirez. Je charge Jarl d'être son guide et son mentor, s'il doit être roi à ma place.

Barbe-Rouge se tut et croisa les bras. Blade se força à se détendre, à imaginer un plan de bataille. *Savate!* Le mot venait de s'imposer à lui, sans qu'il sût comment. La boxe française. Il l'avait pratiquée dans un autre temps.

Barbe-Rouge fit un geste et un serviteur s'approcha.

— Une dernière chose, prince de Londres. C'est une de nos traditions. Nous devons boire à la mort.

Le serviteur versa du vin dans une coupe et la tendit à Blade, qui eut un mouvement de recul. Elle était taillée dans un crâne humain blanc comme de l'albâtre et gravée de caractères d'or. Les dents encore intactes semblèrent se moquer de Blade quand il but.

Le serviteur remplit de nouveau la coupe et la porta à Barbe-Rouge, qui la leva très haut, en riant avec une joie sincère. Son rire se répercuta dans la vaste salle.

— C'était le crâne de Toth, déclara-t-il, puis il but et lança la coupe au serviteur. Le dernier homme qui m'ait défié!

CHAPITRE XII

Barbe-Rouge avança sur Blade, ses grands bras écartés. Blade recula lentement, et feinta de la tête et du corps en sachant qu'il devait éviter à tout prix l'étreinte mortelle. Il était certain que si jamais le colosse refermait ses bras sur lui il serait étouffé, écrasé.

Jamais encore Blade n'avait joué le rôle de David. Dans sa précédente vie, sa taille et sa force lui avaient toujours donné l'avantage ; à présent les rôles étaient renversés et il devenait le David de ce Goliath appelé Barbe-Rouge.

Getorix, las de jouer, se rua sur Blade en levant un poing grand comme un marteau d'enclume. Blade esquiva en se baissant, sentit le déplacement d'air, et riposta d'un direct du droit fracassant au ventre. L'impact faillit lui briser le poignet. Il avait eu l'impression de frapper une plaque de fer.

En dansant légèrement, il s'écarta des tables où Barbe-Rouge l'avait acculé. Mais le colosse ricana et le suivit.

— Eh bien, prince de Londres ? Tu ne m'affrontes pas ? C'est pourtant toi qui me cherches querelle.

Blade ne répondit pas. Il était trop occupé à fouiller

sa mémoire, et il avait besoin d'économiser son souffle. Il se disait aussi qu'il devrait vaincre rapidement ce géant, ou succomber. Cet homme ne se fatiguerait pas, comme Horsa lui-même s'était épuisé sur la fin. Cet ennemi-là était capable de lutter toute une journée et toute une nuit. La ruse, l'habileté, une technique supérieure, la rapidité, c'étaient les seules chances de Blade. Alors qu'il reculait vivement, il aperçut le crâne devenu coupe, sur une table. Il n'avait nulle envie de faire la paire.

Barbe-Rouge revint à l'assaut, frappant des deux mains. L'un des coups atteignit Blade à l'épaule et le fit pivoter. Les pirates se levèrent en hurlant. Barbe-Rouge se précipita pour tenter d'enlacer son adversaire, mais Blade reprit son équilibre juste à temps et tint bon un moment, expédiant un direct du gauche suivi d'un bon droit dans la figure barbue et grimaçante. La mémoire, les réflexes lui revenaient. Blade n'avait pas calculé mais c'était une combinaison parfaite. Encore une gauche meurtrière et un cross du droit. Tous deux atteignirent Barbe-Rouge à la pointe du menton.

Barbe-Rouge se contenta de secouer la tête, comme irrité par des piqûres d'insecte, et revint à la charge.

Blade sauta en l'air, pivota sur la droite et rua dans la figure du géant. Un coup de savate sauvage surgi du fond de sa mémoire. Son talon fendit la peau sous l'œil droit et un peu de sang coula. Barbe-Rouge éclata de rire.

— Que Thunor m'emporte! Il se bat comme une femme, à coups de pieds et de poings affaiblis! Alors, prince? Je sais que tu es un guerrier, car je t'ai vu à l'œuvre, mais tu ne te bats pas comme un soldat à présent. Viens donc, prince! Finissons-en. Lutte comme un homme, nous verrons qui est le plus fort!

Blade bondit à nouveau, se retourna et décocha un coup de savate dans l'estomac du colosse. En vain. Blade eut de nouveau recours à ses poings et fit pleuvoir un nouveau gauche et plusieurs droits terribles. Barbe-Rouge resta planté comme un chêne, les poings sur les hanches, du sang ruisselant dans sa barbe, et encaissa les coups en riant.

Blade commençait à avoir les bras lourds — il s'était beaucoup battu ces derniers temps — et il éprouvait un commencement de panique, ce qui était bien pire. Il ne pourrait jamais réussir, la tâche était impossible. Ce n'était pas une créature de chair et de sang qu'il affrontait mais un automate de bronze aux muscles d'acier!

Barbe-Rouge bondit avec une agilité qui surprit Blade et le prit en déséquilibre. Les bras puissants, trempés de sueur, se nouèrent autour de sa taille et les mains s'accrochèrent aux creux de ses reins.

— Aha! cria Barbe-Rouge. Maintenant nous allons entendre craquer tes os!

Blade faillit mourir sur-le-champ. Ce fut davantage un réflexe qu'un effort conscient qui le sauva. Un réflexe et la peur. Il se renversa en arrière, en cherchant à arracher les yeux de Barbe-Rouge et de lui donner un coup de genou entre les jambes. Cela ne suffit pas. Les bras se refermaient inexorablement, et il sentit une de ses côtes céder.

Alors Blade saisit une des tresses enrubannées et tira de toutes ses forces. Il arracha la barbe de cette figure grimaçante si proche de la sienne.

Barbe-Rouge poussa un hurlement de douleur et de rage. Pendant une fraction de seconde son étreinte se relâcha et Blade en profita pour glisser hors de cet épouvantable étau. Il brandit la tresse, la moitié de la précieuse barbe de feu, sous le nez de son adversaire et parla, pour la première fois depuis le début du combat.

— Voilà tes jolis rubans. Viens donc les reprendre! Barbe-Rouge chargea comme un taureau furieux, son orgueil et sa vanité blessés à mort, en ne songeant qu'à mettre en bouillie cet étranger arrogant.

Blade fit un bond de côté, allongea la jambe pour faire tomber l'autre et le gifla violemment avec sa propre barbe. Les longs poils rouges solidement nattés étaient entre ses mains comme un fouet, un serpent flexible. Un nouveau souvenir lui revint et il sut comment il allait le tuer.

Mais rapidement, il devait faire vite! Il était las, haletant, se tenait à peine sur ses jambes alors que Barbe-Rouge soufflait à peine, sinon de fureur et de dépit.

Quand Blade fit son croc-en-jambes et que Barbe-Rouge tomba à genoux, il eut une inspiration. Plus l'adversaire serait fou de rage, meilleures seraient ses chances. Avec un rire de total mépris, il lui flanqua carrément un coup de pied aux fesses. Un rugissement monta des tables. Ces hommes voyaient ce qu'ils n'avaient jamais pu imaginer, le fabuleux Getorix recevant des coups de pied comme n'importe quel esclave!

Barbe-Rouge, sa fierté irrémédiablement blessée, se releva et revint à la charge. La fureur lui faisait perdre l'esprit, le désir de tuer le rendait dément, sa figure était violacée et il roulait des yeux blancs. Il fonça sur Blade comme un bélier.

Blade l'esquiva et lui fouetta les yeux avec la tresse de barbe. Puis il tendit sa main droite et abattit un coup de karaté sur sa nuque, au passage. Aucun résultat. Barbe-Rouge souffla, se secoua, fit demi-tour et revint en grondant. Blade lui fit un nouveau croc-en-jambes et cette fois Barbe-Rouge s'étala si lourdement que toute la salle parut trembler sur ses bases. Sa tête massive heurta une grande bassine de vin et il resta un moment assommé.

L'occasion était unique. Blade bondit.

A califourchon sur le dos du colosse, il lui prit le cou dans la natte de barbe et tordit comme un garrot. Barbe-Rouge, étouffant, se redressa en mugissant, et Blade resta accroché, serrant les genoux comme sur un cheval et se cramponnant des pieds tandis qu'à deux mains il tirait et tordait la tresse. Barbe-Rouge tenta de dégager son cou, se secoua mais ne put déloger Blade. La tresse de barbe s'enfonçait de plus en plus profondément dans les chairs, il avait la figure violacée, les yeux exorbités, sa langue sortait et se gonflait, et il cherchait encore à sauter, à bondir, à se débarrasser de cet atroce garrot qui l'étranglait. Faisant appel à ses dernières forces, Blade serra de plus belle. Barbe-Rouge retomba à genoux, les mains à la gorge, se secoua encore, refusant de mourir, tandis que Blade se cramponnait toujours.

Lorsqu'il fut trop tard, Barbe-Rouge se servit de sa tête. Il ne chercha plus à arracher le garrot mais tendit derrière lui ses mains énormes, tâtonnant pour saisir une portion vulnérable de son assaillant. Il saisit les chevilles et, d'un effort prodigieux, il écarta les bras pour tenter de déchirer en deux son adversaire. Convulsé de douleur, Blade banda ses muscles, résista de toutes ses forces défaillantes. Ses mains crispées, engourdies, continuaient de tordre la tresse...

C'était fini. La puissante carcasse s'affala, les mains

lâchèrent les chevilles de Blade et un dernier spasme secoua Getorix, que l'on appelait Barbe-Rouge. Il mourut, la tête contre la bassine de vin.

Richard Blade, presque mort lui-même, laissa la tresse lovée autour du cou et se releva en chancelant. Tous ses nerfs, tous ses muscles réclamaient le repos, l'oubli miséricordieux dans le sommeil. Ou la mort? Blade, en ces derniers instants frénétiques, ne savait plus qui avait gagné, qui vivait, qui était mort. Il n'éprouvait qu'une formidable envie de fermer les yeux et d'en finir avec tout.

Il fallait pourtant aboutir à une conclusion seyante. Peu à peu, la raison lui revenait et il commença à comprendre qu'il était maintenant le roi des pirates de la mer. Barbe-Rouge était mort! Lui, Blade, régnait désormais.

Il se pencha sur le gigantesque cadavre. Le silence était tombé dans la salle. Il leva une main et d'une voix qui le surprit par sa fermeté, il déclara :

— Je suis maintenant votre roi. Je nomme Jarl mon premier capitaine. Vous lui obéirez comme à moi. Que l'on donne à cet homme les funérailles qu'il mérite, en vaillant guerrier. Jarl y veillera. Quant à vous tous, qui me servez à présent, continuez de festoyer. Dès que le corps aura été transporté à une place d'honneur, je...

Blade ne vit jamais son assaillant. L'homme, assis à une table proche, lui bondit par derrière avec un cri de haine et de douleur. Une longue dague scintilla à la lueur des torches et Blade sentit une douleur aiguë quand la lame pénétra ses chairs. Il fit quelques pas vacillants, le sang ruisselant de son dos, et chercha désespérément une arme tandis que l'homme revenait à l'assaut, mais il s'écroula en travers d'une table. Il se retourna, essayant encore de faire face.

Jarl bondit. Blade vit ce qui suivit au travers d'une brume de sang et de douleur. Jarl, armé d'une longue épée et hurlant de colère, sautait sur l'homme qui l'avait poignardé. L'épée décrivit un cercle scintillant, et mordit la chair avec un bruit affreux.

L'assaillant de Blade, sans tête, resta un instant debout tandis qu'une fontaine de sang jaillissait de son torse. Ses doigts ensanglantés restaient crispés sur la dague. La tête tomba dans la bassine de vin et y flotta, les yeux grands ouverts.

Blade sentit qu'il s'endormait. Maintenant qu'il pouvait sombrer dans l'oubli, dont il rêvait quelques instants plus tôt, il n'en voulait plus. Il en avait soudain peur. Ce n'était pas un sommeil naturel qui l'envahissait, cet engourdissement montait trop vite de ses jambes et de ses bras et menaçait son cerveau. Il voulut parler et n'entendit qu'un cri étranglé. Il tombait et sentit que des bras musclés le soutenaient.

Jarl, son épée sanglante à la main, se penchait sur lui. Ses lèvres bougèrent et Blade entendit les mots, comme de très loin. Ils éveillèrent en lui une dernière révolte, une amertume finale... Être venu si loin, avoir tant fait, défié si vaillamment le sort... et finir ainsi!

La voix de Jarl était une trompette étouffée apportée par une brise vagabonde. Blade la percevait à peine, mais ce qu'il entendit lui apprit qu'il se mourait :

— Oleg... le fils bâtard de Barbe-Rouge... dague empoisonnée... Nous ne connaissons pas d'antidote, seigneur Blade. Mais nous allons essayer... Il y a une Dru, celle dont tu as parlé... on dit qu'il serait possible...

La voix de Jarl s'estompa, sa figure aussi. Blade sourit et se demanda pourquoi. C'était stupide! Il avait toujours haï la mort, et l'avait crainte au fond de son âme, alors pourquoi sourire alors qu'elle venait le prendre? Qu'allait-il advenir de Taleen et du pauvre Sylvo?... Puis tout devint noir.

CHAPITRE XIII

Pendant dix jours un vent obstiné, impitoyable, souffla du nord-est et dispersa les vaisseaux comme des feuilles d'automne sur la Mer Occidentale.

Richard Blade, dans ses rêves éveillés et les cauchemars de son sommeil, s'imaginait dans un berceau balancé par une main géante. Sa plaie purulait, le poison insidieux attaquait ses fibres, tenu uniquement en échec par les amères potions administrées par la Dru aux cheveux d'argent, celle que dans son rêve il avait appelée Drusilla.

Son nom était Canace; elle le lui avait révélé lors d'un de ses rares moments de lucidité, avant de lui faire boire le liquide noir et frais qui provoquait l'inertie somnolente et le rêve éveillé, qui sapait sa volonté et transformait en coton ses muscles puissants.

Vaguement, il se rendait compte qu'on le droguait. Il savait aussi que la drogue combattait le poison et lui sauvait la vie. Ainsi, bien qu'il ne songeât pas à faire cette comparaison, Blade était comme le vaisseau à bord duquel il se trouvait, poussé de-ci de-là les vents trop faible pour résiter, impuissant. Et — telle était l'œuvre sournoise de la drogue — il ne *voulait pas* résister. L'esprit léthargique, il accueillait sa séduction avec autant de joie que la vieille fille qui redoute de mourir avant d'avoir connu l'ultime convulsion.

Le premier jour, ou le cinquième — car Blade avait perdu toute notion du temps — il sentit ce qu'elle faisait. Elle lui rendait de fréquentes visites, toujours avec sa potion amère, prenant soin de ne jamais le laisser reprendre totalement conscience et recouvrer la volonté. Errant solitaire et perdu dans ses forêts de rêve, Blade appréciait ces visites. L'amertume de la drogue présageait l'apaisement de ses douleurs, et l'insidieuse potion le persuadait qu'il était lucide.

Une main fraîche sur son front. Des doigts légers, doux comme du satin. Le liquide amer et les linges imprégnés d'eau froide, posés sur sa chair fiévreuse. Puis elle s'asseyait à côté de la couche grossière, lui tenait la main et le contemplait de ses yeux de topaze pouchetés de brun. Elle rejetait le capuchon blanc, laissait ses cheveux d'argent cascader sur ses épaules et Blade s'émerveillait de sa beauté, ignorant s'il était mort ou vif, et s'en moquant.

Puis elle tirait d'entre ses seins un petit médaillon d'or gravé d'un croissant de lune dans une couronne de feuilles de chêne, au bout d'une longue et fine chaîne d'or. Ses longs doigts laqués de bleu jouaient un moment avec le pendentif et le balançaient lentement devant les yeux de Blade qui le regardait comme un chat guette le brin de laine que l'on agite devant lui.

Elle commençait toujours de la même façon, par les mêmes paroles, d'une voix basse et aussi onctueuse qu'une crème épaisse :

— Je suis Drusilla, seigneur Blade. Ce n'est pas mon nom mais mon titre. Mon nom est Canace. On m'appelle aussi Drusilla, maîtresse de toutes les Drus de cette terre et de toutes les terres au-delà des mers...

Ce jour-là — Blade ne savait pas que c'était le dixième et que la tempête se calmait enfin — elle commença de la même façon. Ses mots ne variaient jamais, comme si elle cherchait à les imprimer pour l'éternité dans l'esprit de Blade. Blade, inerte, ne vivait que pour la fin de la visite, toujours la même aussi, un plaisir paradisiaque tel qu'il n'en avait jamais connu. Le médaillon d'or se balançait devant ses yeux et il le suivait avec fascination. Mais pour la première fois une brève étincelle jaillit dans son esprit, et il fut près de comprendre ce qu'elle lui faisait. Cela avait un nom. C'était une technique appelée...

L'effort de réflexion l'épuisa et il ferma les yeux. Elle les lui ouvrit du bout des doigts et poursuivit sa litanie :

— Tu as tué une Dru, seigneur Blade. Il n'existe aucune preuve mais point n'est besoin de preuves lorsqu'une Dru accuse. Mais si je te sais coupable, je ne t'accuserai pas. C'est toi qui a tué la vieille Dru près de la clairière sacrée.

Le petit médaillon allait et venait comme un pendule. Il ne souffrait plus et flottait sur une mer euphorique, dans l'attente de ce qui allait venir. Bientôt elle se tairait et...

— Les temps sont troublés. Certains osent, pour la première fois, railler ouvertement les Drus. Les défier. Nous ne le supporterons pas, seigneur Blade, nous serons impitoyables. Mais pour cela il faut des guerriers, des hommes de fer et de bronze. J'avais pensé à utiliser Getorix mais tu l'as tué et tu es bien meilleur par l'esprit qu'il n'aurait jamais pu l'être. Tu le remplaceras donc, Blade. Tu vois, je ne t'appelles pas seigneur... Il y aura de l'égalité entre nous. Je règnerai sur les esprits et toi, par la force, sur les corps. Tu accepteras cela quand tu seras guéri, bientôt, et tu exécuteras mes plans, obéissant à mes ordres. Nul autre ne connaîtra notre pacte car tu seras un véritable croyant des Drus et tu agiras par conviction intime. Tu feras tout ce que j'ordonnerai, seigneur Blade, sans interroger et sans comprendre. Et tu oublieras tout ce que j'ai dit ici. Tu épouseras la princesse Taleen, si tu veux, parce que je le juge bon. Le roi Voth son père sera ainsi plus facile à manipuler. Il respecte les Drus mais ne les craint pas. Il devra les craindre, et ce sera ta mission dans les mois et les années à venir. Car cela ne sera ni facile ni rapide, tu dois le comprendre. Mais ce sera fait!

Toujours, sur ces derniers mots, sa voix s'élevait, plus aiguë et plus ferme. Blade, observant le ravissant visage, voyait les lèvres écarlates se refermer sur l'émail des dents parfaites et parfois il avait la vision d'une épée d'or qui s'abattait. Et s'en moquait. Car le moment était enfin venu.

Blade ferma les yeux, sachant qu'elle ne les lui rouvrirait pas.

Le silence. Un silence rompu par les seuls grincements de la mâture et de la coque. Et puis, comme toutes les autres fois, il entendit changer le rythme de sa respiration, qui devenait oppressée comme si elle avait du mal à aspirer l'air et il savait qu'elle avait la bouche ouverte.

Elle prit une des mains de Blade et la plaça entre ses cuisses, si fortement qu'il sentit frémir les muscles fémoraux. Elle était svelte mais sa cuisse était ronde et tiède sous la robe. Elle serra les genoux, et se pencha sur lui, tout près.

C'était à ce moment-là que ses paroles s'écartaient de la litanie et variaient.

Un jour, elle avait dit : « Les Drus sont aussi des femmes. » Une autre fois : « Tu es comme un dieu ! » Ce soir-là, tombant à genoux contre la couche, elle murmura si bas qu'il put à peine l'entendre :

— Ah, Blade, si l'on pouvait concevoir ainsi j'aimerais que tu me fasses un enfant par la bouche.

Blade nageait dans un brumeux océan de plaisir. A la drogue qui l'imprégnait venait s'ajouter l'opium de sa bouche. Il ne pouvait retenir ses gémissements, il se tordait et son excitation se communiquait à la femme. C'était de la sorcellerie sensuelle dépassant tout ce qu'il avait connu et dans son extase il ne savait plus si elle était humaine ou non. Qu'elle fût la reine de toutes les fellatrices cela ne faisait aucun doute, et quand ses idées s'éclaircissaient un peu il se disait que cela devait avoir un rapport avec la religion dru. Car, même s'il avait eu des forces, elle ne se soumettait à aucun autre plaisir.

Elle partit, comme toujours, sans se retourner.

Blade, sombrant dans le sommeil, lutta et fouetta son esprit engourdi pour tenter de saisir deux concepts : elle détestait être femme et rêvait d'être un homme ; et — une faible étincelle de révolte naissait là — elle le maintenait envoûté par sa bouche autant que par sa drogue. S'il pouvait combattre l'une il pourrait... il pourrait...

L'effort était trop grand. Il s'endormit.

Sur le pont, on hissait une grande voile carrée à l'unique mât, qui claquait déjà à la brise fraîche. Depuis des jours, ils couraient devant le vent, à sec de toile, et un grand hourrah monta de toutes les poitrines quand la voile se gonfla et que le gouvernail s'affermit. Si ce vent nouveau tenait, ils seraient à Bourne en moins d'une semaine. Déjà les hommes parlaient avidement de pillage et de butin.

Au début, il y avait eu peu de murmures et de grognements, grâce à la tempête qui les menaçait tous. Ils devaient consacrer toutes leurs forces et leur attention à rester à flot et ce fut par un miracle de Thunor que cinq seulement des vingt navires se perdirent. Comme ils ne contenaient pas de trésors, on ne s'en soucia guère.

Mais dès que la tempête se calma, la révolte commença à gronder. Des hommes osaient protester, donner leur avis, certains disaient qu'il serait stupide d'aller jusqu'à Voth alors qu'il y avait bien plus de butin plus près, vers le sud, par exemple. Le sac d'Alb ne serait peut-être pas très profitable mais cela valait mieux que le long et périlleux voyage dans le nord, vers Bourne qui n'était qu'un village de pêcheurs.

Jarl régla le début de mutinerie à sa manière. Il fit fouetter une douzaine d'hommes, en condamna trois à la cale humide et en pendit enfin un à la vergue quand il frappa un officier au cours d'une discussion. Après quoi, on se contenta de grogner tout bas.

Jarl se trouvait sur l'étroit gaillard d'arrière avec la princesse Taleen quand la Dru aux cheveux d'argent passa pour se rendre à sa cabine. Son capuchon était rabattu et elle ne leur adressa pas la parole. Tous deux la suivirent des yeux jusqu'à ce qu'elle disparaisse dans l'entrepont où se trouvaient les minuscules cabines sales et nauséabondes.

Taleen, chaudement enveloppée dans une cape, ses longues tresses rousses claquant au vent, se tourna vers Jarl et fronça les sourcils. Ils étaient devenus bons amis, durant la maladie de Blade, et si elle soupçonnait le peu de goût de Jarl pour les femmes cela ne la gênait en rien.

— Je veux voir Blade, Jarl, dit-elle. Tu dois arranger cela cette nuit même.

Jarl parut soucieux.

— Ce ne serait pas prudent, princesse. Vous connaissez les ordres de la Dru. Personne ne doit voir Blade et elle seule peut le soigner. Je n'ose pas lui désobéir.

Une lueur de colère brilla dans les yeux bruns de Taleen.

— Ha! Vous avez tous peur d'elle! Et vous vous prétendez des hommes!

Jarl sourit.

— Oui, nous avons peur. Vous, vous ne craignez pas les Drus?

Elle détourna la tête et il crut voir briller des larmes au bord de ses paupières.

— Si, avoua-t-elle. Elles me terrifient. Je suis aussi lâche que vous.

— Nous ne le sommes pas au combat. Mais les Drus sont puissantes. Et Blade est vivant, n'est-ce pas. Vous pouvez haïr et craindre la Dru d'argent mais il n'empêche qu'elle l'a arraché à la mort. Nos médecins, je reconnais qu'ils ne valent pas grand-chose, l'avaient tous abandonné et ne pouvaient que prier Thunor pour lui.

— Comme je priais Frigga, murmura Taleen. La Dru d'argent a sauvé Blade, je te l'accorde et pourtant je la hais et me méfie d'elle. Elle est bien trop belle pour une Dru!

— Et passe trop de temps seule, avec l'homme que vous voulez épouser, hein?

Taleen le toisa avec dédain.

— Il n'est pas question de cela. Les Drus font vœu de célibat. D'ailleurs Blade ne m'épousera pas. J'ai simplement dit ça dans l'espoir de l'aider, contre Barbe-Rouge. J'espérais qu'il craindrait mon père et n'oserait pas... mais ne parlons plus du passé. Je veux voir Blade, ne serait-ce que pour lui dire ce que je pense de lui pour s'être laissé poignarder !

— Un peu de patience, princesse. Et de reconnaissance. Blade est vivant, elle ne nous mentirait pas, et bientôt nous serons à Bourne, pour marcher vers Voth. Si je peux garder mes chiens en laisse jusque là !

Les yeux bruns fulgurèrent et Jarl éprouva un vague malaise.

— Les Drus prêchent la patience lorsque cela les sert, déclara-t-elle. Elles prétendent que c'est une vertu, mais j'en ai assez des vertus des Drus. Tu n'as pas besoin d'être complice, Jarl. Je puis agir seule.

Elle s'était tournée vers l'écoutille par laquelle la Dru d'argent avait disparu et son expression inquiéta Jarl.

XIV

Blade fut réveillé par l'éclat du soleil filtrant par le hublot ouvert. Drusilla ne faisait jamais cela ; toutes leurs conversations se déroulaient à la lueur d'une chandelle ou d'une lampe nauséabonde. Mais soudain le tiède soleil et la fraîcheur de l'air marin envahissaient la petite cabine étouffante comme un tonique. Blade se sentait beaucoup mieux. Ses idées étaient claires, il avait retrouvé sa volonté et s'il était encore faible et souffrait de sa blessure sa léthargie mortelle s'était dissipée.

Sylvo, après avoir ouvert le deuxième hublot, regarda affectueusement son maître avec cette horrible grimace que Blade reconnaissait pour un sourire. Il louchait toujours autant, il avait toujours son bec de lièvre, mais il s'était rasé et vêtu de neuf.

Il tendit à Blade une grande jatte de bois odorante et fumante, et lui donna une cuiller d'étain après l'avoir soigneusement essuyée sur sa manche.

— Un bon ragoût de foies de lièvre, mon maître. Nous sommes allés à terre hier pour chercher de l'eau, vu que la tempête avait brisé la plupart de nos barils, et j'ai attrapé ces bestioles pour vous faire enfin un bon repas. Goûtez, mon maître, et dites-moi ce que vous en pensez. Ar! C'est que j'étais bon cuisinier dans le temps!

Blade goûta le ragoût et le trouva délicieux. Il s'aperçut qu'il mourait de faim. Maintenant que son esprit fonctionnait, il se souvenait que la Dru ne lui avait jamais rien fait manger, à part du biscuit de mer et de l'eau claire. Il dévora donc, et lorsqu'il eut fini il poussa un soupir de contentement.

— C'est vrai que tu es un excellent cuisinier, gredin! Mais comment se fait-il que tu sois ici? Où est la Dru aux cheveux d'argent?

Sylvo alla dans un coin et retint en dépliant le manteau écarlate que Blade avait gagné à Horsa.

— Voyez, mon maître, comme il est beau. Je l'ai nettoyé, j'ai fourbi les broderies d'or. Et aussi la grande hache de bronze, à en avoir mal aux mains. Je n'ai pas pu vous l'apporter parce que j'avais les bras chargés de vêtements propres et du ragoût et...

— Je t'ai posé une question, maroufle!

Blade se redressa, reprenant déjà des forces après s'être alimenté. Le soleil et l'air de la mer dissipaient les derniers effluves de la drogue. Il fronça les sourcils.

— Je ne suis pas trop faible pour sauter de ce lit et te flanquer une correction que tu n'oublieras pas! Réponds... Où est la Dru qui m'a soigné?

Sylvo loucha de plus belle, recula de quelques pas sans lâcher le manteau cramoisi et frotta son menton rasé de frais. Blade comprit qu'il cherchait un mensonge. Il rugit :

— Alors? Parle! Et je veux la vérité, maraud!

— La vérité, mon maître, répondit Sylvo en détournant son regard, c'est que je n'en sais rien. Personne n'en sait rien. La Dru d'argent a disparu. Elle n'était pas dans sa cabine ce matin et sa servante, une Dru de bas étage, est venue pleurer chez le capitaine Jarl ce matin en disant que sa maîtresse était tombée par-dessus bord. Elle voulait que nous retournions pour fouiller la mer.

Blade le considéra fixement. Il hésita. Il pensait que Sylvo mentait, mais ne pouvait en être sûr.

— Et alors? Jarl l'a fait?

— Que non, mon maître. Il a dit que ce serait une perte de temps, ce que nous savions tous, et il a simplement fait fouiller le bateau. Nous n'avons rien trouvé. La Dru d'argent s'est évaporée. Et pour cela, j'ose le dire maintenant qu'elle n'est plus là pour m'entendre, nous rendons tous grâce à Thunor. J'ai vu de mes yeux le capitaine Jarl sourire en priant, et il ne croit pourtant guère à Thunor. Ar, mon maître, c'est une chance qu'elle soit tombée par-dessus bord. Nous en sommes tous bien heureux.

Blade regardait son valet sans le voir. Il était redevenu lui-même, et, sachant ce qu'il savait, il se disait que la disparition de la Dru d'argent n'était pas une mauvaise chose. Canace. Celle que l'on appelait Drusilla, maîtresse de toutes les Drus, Grande Prêtresse à l'épée d'or du sacrifice... Ravissant fantôme de ses rêves, succube experte revêtue de chair humaine veloutée, qui voyait si loin et projetait si bien. Maintenant tous les rêves et toute chair étaient engloutis dans les vertes profondeurs de la Mer Occidentale. Oui. C'était aussi bien. Et pourtant, il murmura :

— Elle m'a sauvé la vie, Sylvo.

— Ar, mon maître. Je le sais bien. Nous le savons tous. Nous vous avions abandonné à Thunor quand elle est venue, de l'endroit où Barbe-Rouge la tenait cachée, et elle a pris le commandement en ce qui vous concernait. Elle a ordonné à Jarl de faire ci, de lui apporter ça, et il a obéi. Nous lui avons tous obéi. Parce qu'elle nous frappait de terreur et que la magie des Drus nous effrayait. Mais tout ça c'est passé, mon maître, et vous êtes guéri. Et elle est morte, disparue en tout cas, parce que certains disent que les Drus ne meurent pas comme les autres gens.

Blade le contempla avec une affection indulgente. Il aimait bien le brave homme, tout laid et sacripant qu'il fût, et ne doutait pas de sa loyauté. Sa peur de la Dru était assez normale, lui-même avait eu peur d'elle par moments, dans ses rêves éveillés. Il se rappela les choses qu'elle lui avait faites, mais chassa ces souvenirs. Jamais plus il ne connaîtrait ces plaisirs singuliers, cette extase. Et c'était aussi bien.

— En parlant de Jarl, donne-lui son titre de capitaine, dit-il sévèrement. Je le veux. Et maintenant, fripon, prends ce tabouret et raconte-moi tout ce qui s'est passé pendant que je gisais ici. Tout! N'omets aucun détail. Je veux être pleinement au courant des événements.

Sylvo prit grand plaisir à les raconter, en brodant au point que Blade le maudit et lui jura qu'il avait raté sa vocation, qu'au lieu de devenir voleur il aurait dû se faire conteur, un skald menteur accompagnant ses récits fantastiques avec un luth.

Lorsque Sylvo se tut enfin, Blade réfléchit longuement, en regardant par le hublot.

— Dix jours, tu dis?

— Plus près de douze à présent, mon maître. Vous avez été bien malade.

Blade hocha la tête. Oui, et lui seul savait à quel point. Et lui seul saurait jamais ce qui s'était passé durant ces longues journées, car il n'en soufflerait mot à personne. Finalement, il se retourna, en réprimant une petite grimace de douleur car sa côte fracturée lui faisait encore mal, et posa la question qu'il devait poser.

— La Dru d'argent est *tombée* par-dessus bord?

Sylvo haussa les épaules et leva les yeux au ciel.

— C'est bien sûr, mon maître. Et cela n'a rien de surprenant, ce sont des choses qui arrivent en mer, à ce que l'on me dit. Je ne suis pas marin, et j'ai été bien malade pendant deux jours. A mon avis, la Dru est montée prendre l'air sur le pont, les cabines ne sont même pas dignes d'un ramassis d'esclaves, et elle a été emportée par une lame. C'est tout simple. Mais pourquoi s'interroger, mon maître? Soyons reconnaissants et...

— Tu dis que la Dru d'argent avait une servante?

— Ar, mon maître. Pourquoi?

— La paix avec tes pourquoi! Va me chercher cette autre Dru, la servante. A moins que tu en aies peur aussi?

— Ma foi oui, mon maître, avoua Sylvo, mais pas autant que de l'autre. Elle me donnait des sueurs froides, je le jure, tout autant qu'un gibet. Mais la servante ne sait rien, inutile de lui parler. Elle n'a rien vu, rien entendu, et d'ailleurs elle glapit et elle délire et elle a des crises tout comme une femme ordinaire. Vous n'en tirerez rien de sensé.

Blade plissa les yeux. Manifestement, Sylvo ne voulait pas qu'il interroge la servante.

— Va me la chercher! Et fais-moi grâce de tes commentaires sinon, par Thunor, je passerai sur toi mes forces revenues. Non! Attends et aide-moi à m'habiller.

Soudain, Blade s'était dit qu'il était grand temps de se lever et d'agir. Sylvo mit un nouvel emplâtre sur la blessure qui guérissait bien, aida Blade à enfiler des vêtements propres et un corselet, puis il le coiffa et lui brossa la barbe. Blade aurait bien voulu prendre un bain mais l'eau était trop précieuse.

Sylvo drapa le manteau d'écarlate sur les épaules de son maître et recula pour l'admirer.

— Voilà, mon maître. Vous voilà redevenu vous-même. Le seigneur Blade, roi des Pirates!

— Jusqu'à ce que nous arrivions à Voth, murmura Blade. Ensuite je renoncerai. Maintenant va me chercher cette servante, Sylvo. Et apporte-moi ma hache de bronze. Je veux l'avoir avec moi quand j'apparaîtrai sur le pont.

— Ar, mon maître, ce sera aussi bien. C'est qu'ils ne sont pas commodes, ces pirates, et le capitaine Jarl a bien du mal à les faire marcher au pas. Ils savent qu'il n'y a pas de butin à Bourne, ils disent que Voth est trop loin, le roi Voth trop puissant, ils aimeraient mieux faire demi-tour pour piller Alb et...

— Vas-tu m'obéir, vaurien? cria Blade en crispant le poing.

— J'y vais, j'y vais, mon maître. Mais j'aimerais mieux que vous renonciez, car vous allez le regretter à moins que je sois plus sot que je le pense.

Resté seul, Blade tenta d'élucider ce propos énigmatique et n'avait toujours pas de solution quand Sylvo revint avec la servante. Il la poussa dans la cabine et s'enfuit sans un mot.

Elle n'était ni affolée, ni nerveuse, ni égarée. Autant pour les mensonges de Sylvo. Pour la mettre à l'aise Blade lui indiqua le tabouret mais elle refusa et resta debout. Elle avait une voix sèche, peu harmonieuse, et ses yeux qui brillaient sous le capuchon ne quittaient pas ceux de Blade.

— Vous savez qui je suis?

— Je le sais, seigneur Blade.

— Bon. Je veux la vérité. C'est bien compris?

— Je n'ai aucune raison de mentir, seigneur.

— Cela nous arrive à tous. Mais peu importe. Dites-moi, rapidement et simplement, ce qui est arrivé à votre maîtresse, la Dru appelée Drusilla. La femme aux cheveux d'argent qui m'a soigné. Que savez-vous?

— Peu de choses. Et plus que la plupart.

Blade fronça les sourcils.

— Pas d'énigmes!

— Ce n'en est pas une. J'en sais davantage parce que personne ne m'a encore posé de questions. Vous seul, prince Blade. Les autres se contentent de penser que ma maîtresse, la Grande Prêtresse, est tombée par-dessus bord. Ils n'ont rien osé demander.

Blade caressa sa barbe noire déjà assez longue et frisée.

— Eh bien, j'ose. Qu'avez-vous à dire?

— La Drusilla n'est pas tombée par-dessus bord. Quelqu'un est venu frapper à notre porte en pleine nuit. Je venais de m'endormir et la Drusilla est allé répondre. Je me suis réveillée alors mais je n'ai pas bougé et je les ai entendu chuchoter à la porte. Je n'ai pas distingué les mots mais j'ai compris que la personne voulait que la Drusilla monte sur le pont. Alors ma maîtresse à mis sa robe et son capuchon et elle est sortie. Elle n'est pas revenue. C'est tout ce que je sais, seigneur Blade. A part que ma maîtresse n'est pas tombée par-dessus bord. Elle a été poussée par la personne qui est venu chuchoter à la porte. La Drusilla a peut-être été tuée avant. Peut-être pas. Mais elle est morte. Assassinée. Cela, je le sais.

Blade revit l'épée d'or frappant la servante-maîtresse de Lycanto hurlante et terrifiée. Une vengeance de la reine Alwyth? Mais qu'importait à...

Une douleur aiguë frappa Blade, une décharge électrique lui vrillant le cerveau comme un coup de foudre. Il chancela et se cramponna à la paroi, égaré, ébloui, la tête bourdonnante d'un millier d'abeilles. Durant un micro-instant, il vit des mots gravés dans sa mémoire : *Celui qui vit par l'épée périra par l'épée.* La vieille Dru le regardait avec inquiétude.

— Vous vous sentez mal, seigneur Blade?

C'était déjà passé. Blade se frotta le front, fronça les sourcils. Étrange. Pendant un moment il avait été presque aveugle, tandis qu'une tempête faisait rage dans son cerveau et que son corps devenait léger comme une plume.

— Ce n'est rien, grogna-t-il. Une migraine. Je suis resté si longtemps dans l'obscurité que ce soleil... Mais revenons à votre récit. La personne qui est venue et qui a chuchoté. Vous avez reconnu sa voix?

— Non.

— Était-ce un homme ou une femme? Vous devez au moins savoir cela!

— Je l'ignore, seigneur Blade. On parlait trop bas, Je ne pourrais affirmer, en vérité, si c'était un homme ou une femme.

Il la considéra un moment, en se grattant le menton.

— Vous pouvez aller. Ne parlez de cela à personne. Je m'en occuperai moi-même.

— Et vous punirez le coupable, seigneur? Homme... ou femme?

Il y avait du doute et de la raillerie dans la voix sèche.

— Cela me regarde, répliqua-t-il. Allez.

Elle était partie depuis quelques instants à peine

quand on gratta à la porte. Blade était maintenant d'une humeur de dogue et ne désirait voir personne.

— Entrez! cria-t-il d'une voix rageuse.

C'était la princesse Taleen, son corps de nymphe emmitouflé dans une longue cape. Ses cheveux roux sombre étaient dénoués, comme lorsqu'il l'avait vue pour la première fois, et retenus par un bandeau d'or. Elle laissa tomber sa cape et il vit qu'elle portait une courte tunique de peau dévoilant des genoux potelés. Le soleil et la mer avaient doré sa peau et elle était plus exquise que jamais.

Elle s'inclina légèrement, l'air un peu moqueur, les yeux bruns trop limpides, trop innocents. Blade se méfia. Il la connaissait bien et cette expression ne lui disait rien de bon.

— Je suis venue, dit-elle, rendre hommage au nouveau roi des pirates. Et vous dire que je suis heureuse de vous voir en vie, seigneur Blade. J'ai bien prié Frigga.

Le sourire de Blade fut hésitant. Cette fille avait plus d'humeurs qu'un caméléon de couleurs.

— Seigneur Blade? Nous voilà bien protocolaire aujourd'hui!

Elle s'inclina de nouveau.

— Ainsi qu'il sied à une simple jeune fille devant un grand guerrier et un puissant seigneur. Quand même elle serait la fille d'un roi et qu'elle ait connu le guerrier et seigneur quand il portait la culotte d'un épouvantail.

Blade la regarda sombrement, et plaqua ses poings sur ses hanches.

— Vous venez me chercher querelle, Taleen? Alors que je reviens à peine de la mort? Pourquoi?

Elle haussa les épaules et s'affaira dans la minuscule cabine, feignant de ranger ceci ou cela.

— Je ne viens pas me disputer mais expliquer.

— Expliquer quoi, princesse?

— Pourquoi je ne suis pas venue plus tôt, pour vous soigner. J'ai essayé. La Dru d'argent l'a interdit. Elle me faisait peur, Blade. J'avoue que moi, princesse de Voth, je n'ai pas eu le courage de lui désobéir.

Blade sourit. Quand elle l'appelait simplement Blade, tout rentrait dans l'ordre. Ou presque.

— Jarl avait peur aussi, dit-il, et ce n'est pourtant pas un couard. Et tous les autres, à ce que l'on dit. Mais n'en parlons plus. Elle est morte et je suis vivant. Oubliez le reste. C'est passé.

Il l'observait attentivement. Taleen ne le regarda pas. Elle fit grand cas d'une poignée de détritus qu'elle jeta par le hublot. Et puis, le dos tourné, elle déclara d'une voix sifflante :

— Je suis sûre que vous n'avez jamais été en péril de mort. Pas avec une Grande Prêtresse pour vous soigner! Lui avez-vous dit, Blade, que vous avez tué une de ses sœurs, cette nuit-là dans la forêt?

— Je n'ai pas eu besoin de le lui dire, elle le savait. Je me pose donc une question. Est-ce vous, Taleen, qui lui avez parlé de cette nuit... et de ce que nous avons vu?

Taleen pivota, l'air sincèrement surpris.

— Moi! Lui dire ça? Vous devez me croire folle! Je ne lui ai rien dit du tout, je vous le jure sur Frigga!

— Et pourtant, murmura Blade, elle savait.

L'expression de la princesse changea encore. Elle examinait Blade entre ses cils d'un air soupçonneux.

— Elle savait? murmura-t-elle d'une voix suave. Et vous vivez encore? Je crois que je commence à comprendre, Blade. Je n'avais pas songé à cela, parce que les Drus sont vierges et font vœu de célibat. Et pourtant... Ha! Oui, oh oui, je comprends!

— Vous ne comprenez rien du tout! cria Blade avec rage.

Une douleur vive lui vrilla encore une fois le cerveau, mais cela ne dura pas.

Taleen avait ramassé le tabouret. Voyant cela, Blade recula d'un pas.

— Si, je comprends parfaitement! cria-t-elle. Et je ne suis pas aveugle! Vous croyez donc que c'est un secret et que je ne devine pas comment vous avez obtenu votre grâce de cette garce de reine Beata? Pourquoi vous avez eu la vie sauve au lieu d'être immédiatement abattu, pourquoi on vous a permis de combattre contre des ours au lieu de vous faire flageller et écorcher? Et un faux combat, même, où seul votre répugnant serviteur était en péril! Je sais, Blade, je sais! Ces choses ne restent pas secrètes longtemps. Vous devez être vous-même un monstre pour avoir pu satisfaire les appétits de cette putain rouge!

Blade lui sourit.

— Je l'ai fait aussi pour vous, Taleen.

Elle lui lança le tabouret à la tête. Blade se baissa et il alla se briser contre la paroi. Taleen ouvrit violemment la porte et se retourna pour lui lançer sur un ton venimeux :

— Nous avons laissé Beata dans sa cage, bien que Jarl eût épargné ses gens encore en vie. Elle implorait miséricorde, elle pleurait et suppliait qu'on la tue pour abréger ses souffrances. Jarl le lui aurait accordé mais j'ai dit non! J'espère qu'elle vit encore, Blade, et qu'elle souffre. Je voudrais que vous l'ayez vue! On lui avait enlevé sa perruque et sa tête grise et chauve était pitoyable sous la pluie. Ah, la répugnante créature! Je reconnais qu'avec la Dru d'argent, vous avez eu meilleur goût!

Elle rappelait à Blade des souvenirs qu'il voulait oublier, et il perdit patience.

— Vous parlez de choses que vous ignorez, déclara-t-il froidement. Je finissais par douter, mais j'avais raison, vous n'êtes qu'une enfant! Une enfant capricieuse et insupportable et méchante avec un corps de femme. Vous avez besoin d'être dressée, et je sais comment il faudrait s'y prendre mais je ne veux pas être celui qui le fera. Maintenant laissez-moi, fille, avant que la colère m'emporte et que vous donne une fessée! Ce que votre père, tout roi qu'il soit, aurait dû faire plus souvent. Sortez!

— J'avais pensé à vous faire flageller, Blade. Et puis j'ai préféré vous faire écorcher, et j'avoue que j'ai songé à la pendaison. Mais maintenant j'ai une meilleure idée et dès que nous serons à Voth je la mettrai à exécution. Il y a un homme, Blade, qui me désire plus que la vie. Il viendra demander ma main. Et j'accepterai s'il me fait le plaisir de vous tuer avant!

Elle claqua la porte si brutalement qu'elle faillit l'arracher à ses gonds de cuir. Blade, s'efforçant de maîtriser sa colère irraisonnée — elle avait le don d'éveiller ce qu'il y avait de pire en lui — alla regarder par le hublot la mer ensoleillée. Le navire filait bon vent. On entendait sur le pont les cris des pirates et le chant de l'homme de barre.

— Un homme? murmura-t-il. Quel homme? Par l'enfer de Thunor, qu'a-t-elle voulu dire?

CHAPITRE XV

Ainsi donc Richard Blade arriva enfin au pays de Voth, où régnait le roi Voth du Nord, dans la Cité impériale de Voth.

La ville était agréablement située dans une vallée riante, au confluent de deux larges cours d'eau descendant des montagnes environnantes, et protégée par une haute muraille de pierre et de terre. Elle était entourée de fortins bâtis sur des collines et devant le mur immense s'étendait un profond et large fossé avec une contrescarpe abrupte hérissée de chevaux de frise. Il vit un grand nombre de tombes récemment creusées et çà et là quelques cadavres pourrissant dans la vallée, empalés sur les chevaux de frise, preuve qu'une autre bande de pirates s'était attaquée à Voth et y avait été mise à mal.

Quand Blade et Jarl avaient touché terre à Bourne, ils avaient découvert un village en ruines encore fumant et puant. Il avait été bien pillé. Pas une âme ne les accueillit.

Jarl, après avoir examiné un des rares cadavres de maraudeurs avait annoncé :

— Ceci est l'œuvre de Fjordar, fils de Toth. Souviens-toi. Tu as bu dans le crâne de Toth avant d'étrangler Getorix avec sa propre barbe.

Blade, tenant un linge sous son nez pour se défendre contre l'odeur atroce, hocha la tête.

— Ils ont certes travaillé consciencieusement, par Thunor! Mais pourquoi? Un simple village de pêcheurs, sans butin digne de ce nom.

Jarl, resplendissant en manteau violet et casque à pointe d'or — que Blade lui avait donné le droit de porter — passa une main sur son menton lisse.

— Pure méchanceté, rien de plus. Quclques femmes prises comme esclaves, peut-être. Fjordar est un animal et un fou — à côté de lui Barbe-Rouge était vertueux — et nous sommes des ennemis jurés. Il va certainement marcher sur Voth et y tenter sa chance. J'aimerais pouvoir le rattraper.

Blade fut immédiatement d'accord.

— C'est la sagesse, Jarl. Il y a dans l'air une odeur de mutinerie, aussi palpable que la puanteur de ces charognes. Tes hommes ont besoin de se battre, sinon ils se battront entre eux et se retourneront sans doute contre nous. Mieux vaut nous mettre en marche sur l'heure.

Jarl regarda Blade dans les yeux.

— Ce sont tes hommes, pas les miens. Tu les a hérités de Barbe-Rouge. Je ne suis que ton lieutenant.

— Je sais, et c'est un héritage qui ne me plaît guère. Mais nous en reparlerons une autre fois. Donne l'ordre de départ.

Blade n'avait pas revu Taleen; elle se tenait soigneusement à l'écart. Lorsque Sylvo était d'humeur bavarde, il lui ordonnait sèchement de se taire. Sylvo, qui tenait à sa vilaine tête, se tenait coi. Jamais il n'avait vu son maître aussi sombre et coléreux.

De Bourne à Voth il y avait trois journées de marche

et la route qu'ils suivirent était jalonnée de cadavres, d'hommes et de femmes pendus, d'enfants violés, de bétail massacré et de villages calcinés. Les pirates se plaignaient et grommelaient de plus en plus fort. Il ne leur restait rien, disaient-ils. Pas un esclave, pas une femme, même pas de quoi manger. Fjordar détruisait tout sur son passage.

Au soir du troisième jour — le lendemain matin ils verraient Voth — Blade appela Jarl dans sa tente. Ils avaient capturé un fuyard dans la journée, un des hommes de Fjordar qui avait déserté pour mieux piller. Il ne fallut qu'un peu de torture pour lui faire dire tout ce qu'il savait. Blade assista à la séance jusqu'à en avoir la nausée, puis y mit fin en ordonnant que l'on tranche la tête de l'homme. Cela provoqua de nouveaux murmures et des regards furieux : non seulement les pirates étaient privés de butin mais aussi de leur plaisir !

Grâce aux renseignements arrachés au déserteur quand les tenailles rougies à blanc lui avaient entamé les chairs, Blade traça une carte grossière sur une peau de bœuf. Jarl et lui l'étudièrent.

— Si ce chenapan a dit vrai, expliqua Blade, ce Fjordar a caché ses vaisseaux dans cette crique, ici, à quelques kils au nord de Bourne. S'il est battu à plates coutures à Voth, et tu me dis que c'est certain, il voudra regagner ses navires par le plus court chemin. Tu es d'accord ?

Jarl se pencha pour examiner la carte de plus près et Blade remarqua un détail qui lui avait échappé jusqu'alors, une odeur, un parfum de chypre.

— Tout à fait, dit Jarl en laissant courir son index sur un chemin. Quand il en aura assez de Voth, une ville qui n'a jamais été prise, il s'enfuira en laissant sur place ses morts et ses blessés, car telle est sa coutume. Je te dis que c'est un monstre.

Blade, à la faible lueur d'une lampe à huile de poisson, traça une petite croix sur la carte, près de la Mer Occidentale, avec le pinceau et la teinture d'une Dru, que Jarl s'était procurés.

— Je pense que si tu emmenais les hommes, *tes* hommes à présent car je te les lègue volontiers, et te mettais en marche dès ce soir, vous pourriez dresser une embuscade à Fjordar en ce point. Ses hommes épuisés, il devrait être facile à vaincre. Qu'en dis-tu, Jarl? Cela résoudrait bien des problèmes. Tes gredins trouvaient un butin facile, que Fjordar aura déjà rassemblé pour eux, et vous pourrez aussi vous emparer des vaisseaux. Sûrement pleins de trésors. Je crois que c'est une occasion à ne pas manquer.

Jarl ne regardait plus la carte mais Blade. Il souriait.

— Tu as raison, cela résoudrait bien des problèmes. Jamais Voth ne laissera mes hommes pénétrer dans sa ville, et je doute d'être capable de les retenir devant tant de butin et de femmes. Et nous devons régler son compte à Fjordar. Oui, ton plan est bon. Mieux vaut donc nous séparer ce soir, que tu suives ton chemin et moi le mien. Ils vont protester quand la trompette les réveillera, mais ils marcheront assez vite lorsque je leur promettrai la tête et les trésors de Fjordar.

Pendant quelques instants, ils se dévisagèrent dans la pénombre. Blade tendit la main.

— Tu as été un bon ami pour moi, Jarl. Je t'en remercie.

La main de Jarl était moite, et Blade huma de nouveau une bouffée de chypre.

— J'ai agi comme me l'ordonnait mon cœur, Blade.

Je ne regrette rien. Mais il y a autre chose que je voudrais que tu saches de moi...

Il s'interrompit.

— Oui? Eh bien? fit Blade.

Jarl lui arracha sa main et se détourna.

— Non! C'est sans importance à présent, et cela ne servirait à rien. Adieu, Blade mon ami. Tu étais un étranger, tu l'es toujours et cependant, jusqu'à ce que j'aille rejoindre Thunor, en qui je ne crois pas, je ne t'oublierai jamais.

Ce fut ainsi que Blade partit seul pour Voth, avec Sylvo et la princesse Taleen sur un cheval gris découvert dans un village, qui avait échappé par miracle au massacre. Elle chevauchait en silence, hautaine, sans daigner adresser la parole à Blade. Le pauvre Sylvo servait d'intermédiaire et courait en tous sens, ce qui était pour lui un fardeau supplémentaire car il avait à présent acquis une femme. Et aussi, Blade le remarqua avec surprise, un peu de ventre. La kyrie qu'il s'était choisie le nourrissait bien.

C'était une grande fille rebondie aux longs cheveux jaunes tombant sur ses seins massifs. Elle marchait à distance respectueuse du petit groupe, portant les quelques biens de Sylvo.

Blade marchait en tête. Maintenant que les tours de Voth étaient en vue, il était de meilleure humeur. Ses douleurs de tête étaient plus fréquentes, et plus violentes, mais maintenant il les comprenait et ne s'alarmait pas. Cela signifiait sûrement que Lord Leighton tentait de l'atteindre avec l'ordinateur, essayait de le rappeler, envoyant des antennes électroniques, cherchant à changer la structure moléculaire de son cerveau pour le ramener à son état original et l'entraîner de nouveau dans sa propre dimension.

Ils entrèrent dans la ville par une poterne, après une brève discussion, et durent bientôt se séparer. On conduisait Blade et Sylvo dans un appartement somptueux du palais de bois, une gigantesque structure entièrement peinte d'or et d'écarlate, avec plus de tours, de tourelles et de clochetons que le château de Craghead.

Sylvo était navré d'avoir dû quitter sa kyrie. Il caressa son ventre rond, tout en préparant le bain de Blade.

— Ar, mon maître, c'est la reinc des cuisinières. Jamais je n'ai aussi bien mangé. Par Thunor, je le jure! Et elle a d'autres talents aussi! assura-t-il, l'œil égrillard.

La baignoire de bronze était trop petite pour Blade, mais il se plongea dans l'eau mousseuse avec délices. L'air ravi, et sans interrompre son bavardage, Sylvo lui frotta le dos. A un moment donné, il se baissa pour ramasser le linge de toilette qui venait de lui échapper, et un objet brillant glissa de sa ceinture et tomba sur le sol avec un léger tintement métallique. Distraitement, Blade regarda.

Un médaillon d'or brillait dans un rayon de soleil tombant en biais d'une haute fenêtre. Un médaillon sur une fine chaîne d'or, gravé d'un croissant de lune dans une couronne de feuilles de chêne.

Il bondit, de la baignoire, nu et ruisselant, et le ramassa. Le tenant par la chaîne, il le balança sous le nez de Sylvo.

— Où as-tu volé ça? cria-t-il.

Sylvo, apeuré, fit d'abord quelques pas à reculons, puis il s'arrêta et soutint le regard de son maître.

— Je l'ai trouvé, mon maître. Que Thunor me frappe tout mort si je ne l'ai pas trouvé!

— Et où l'as-tu trouvé?

Blade, pour une fois, était à peu près sûr que Sylvo ne mentait pas. Il se disait que la vérité, quand l'autre parlerait, serait bien ce qu'il avait soupçonné.

— Sur le pont, mon maître. Là où la Dru d'argent l'a perdu quand elle s'est battue avec... Non, mon maître, ne me forcez pas à le révéler! C'est passé, ça ne servirait plus à rien. J'ai essayé de vous le cacher.

— Je sais. Et tu t'y es bien mal pris. Le premier imbécile venu l'aurait deviné. Alors je m'en vais te le dire! Il y a eu lutte et la Dru d'Argent l'a laissé tomber quand on l'a poussée par-dessus bord. C'est bien ça?

— Oui, mon maître. Je ne pouvais pas dormir dans cet entrepont puant. Je suis monté et on ne m'a pas vu. Mais moi j'ai vu et j'ai entendu et plus tard, quand tout a été fini, j'ai pensé que j'avais autant de droits que d'autres sur cette babiole.

Blade lui lança le médaillon à la figure. C'était un talisman, un souvenir d'un temps qu'il voulait oublier, de choses qui l'écœuraient quand il y songeait. Pas les choses en elles-mêmes, sans doute, mais son état de dépendance, alors qu'il était l'esclave de ses désirs. Son esprit avait été aussi malade que son corps.

— Tu as raison, dit-il. Il est à toi. Mais que je ne le revoie plus. Sinon je le détruirai. Maintenant laisse-moi. Tu as un logement au fond du corridor. Va et attends que je t'appelle.

Sylvo, voyant que ce qu'il savait était deviné et mourant d'envie de le raconter, coula vers son maître un regard sournois.

— Vous ne me commandez pas de vous dire qui a poussé la Dru d'Argent, mon maître?

— Je le sais! C'est la princesse Taleen. Maintenant va!

— Ar, mon maître, c'était bien elle. Une lutte terrible, en vérité. J'ai cru...

— Dehors! tonna Blade en faisant un pas en avant.

Sylvo battit en retraite. Resté seul, Blade arpenta nerveusement la chambre. Il avait toujours su que Taleen était coupable. Nul autre n'aurait osé toucher une Dru, encore moins une Grande Prêtresse. Mais Taleen, quand l'humeur la prenait, était capable de tout oser.

Pour se calmer et ne plus penser à elle, il tenta de songer au roi Voth. On l'avait averti qu'il recevrait Blade dans la soirée. Une audience au cours de laquelle, le message avait été assez explicite, il recevrait des remerciements et une récompense pour avoir ramené la princesse Taleen dans les bras paternels. Mais cette récompense lui importait peu. Ses maux de tête étaient de plus en plus fréquents et, peu à peu, la mémoire lui revenait de sa vie antérieure. Il avait le pressentiment que son séjour à Voth serait bref. L'idée lui vint aussi qu'en essayant de le faire revenir, Lord Leighton pourrait bien le tuer.

A ce moment, une nouvelle douleur l'assomma, aveuglante, vertigineuse, bien pire que toutes les autres. Blade ne put retenir un cri et porta les deux mains à ses tempes. Il avait une dague dans le cerveau. Il chancela vers l'immense couche et s'y laissa tomber, entouré de ténèbres rugissantes.

Un léger grattement à la porte le réveilla. Il remarqua que le soir tombait — il était donc resté plusieurs heures sans connaissance! — et il fut plus surpris encore de constater qu'il était toujours à Voth.

Il alla à la porte à tâtons.

— Qui va là?

— C'est Taleen, Blade. Laissez-moi vite entrer, chuchota-t-elle.

Elle se glissa dans l'entrebâillement comme une fée vêtue de blanc. Elle portait une chandelle et dans la lueur vacillante il vit sa peau nacrée sous la courte tunique de toile fine qui lui découvrait presque les seins.

Blade referma la porte, laissa tomber la barre et se retourna.

— A quoi sert, princesse, de venir chuchoter à ma porte? Je ne suis pas une Dru et nous ne sommes pas sur un navire. A moins que vous vouliez me pousser par la fenêtre?

Taleen souffla sa chandelle. Elle avança, les yeux immenses et fous, ses cheveux roux défaits, baignée de clair de lune. Elle se laissa tomber à genoux et lui enlaça les jambes.

— Grondez-moi, Blade! Battez-moi! Je suis venue pour m'humilier devant vous. Je suis mauvaise et il est vrai que j'ai tué la Dru d'Argent, J'étais jalouse, Blade. Jalouse à en mourir, jalouse à tuer. Aimez-moi, Blade! Ou si vous ne pouvez pas, si vous me considérez toujours comme une enfant qu'on ne peut aimer, alors laissez-moi vous aimer. Je vous en supplie! Laissez-moi rester. Aimez-moi. J'ai demandé de l'aide à Frigga et elle me l'a refusé, elle m'a simplement soufflé que je devais venir à vous et tout vous avouer. Vous me comprenez, Blade? Je dis vrai! Je me meurs d'amour pour vous depuis le premier jour!

Sans un mot, Blade la releva et l'embrassa. Et comprit son erreur. Ce n'était pas une enfant. Sa bouche était humide et brûlante, mais sa langue encore innocente et malhabile. Il y avait là peu d'expérience mais un immense désir, une combinaison qui mit le feu aux reins de Blade.

Taleen, maintenant qu'elle s'était livrée, ignorait toute retenue. Elle lui rendit farouchement son baiser, puis elle le fit tourner dans un rayon de lune et s'écarta un peu pour baisser les yeux.

Sa pâleur fit place à une délicieuse rougeur quand elle murmura :

— Ah Blade ! Tu es monstrueux ! Je commence à avoir peur. Je suis vierge, Blade. Est-ce que je vais avoir très mal ?

Il la guida vers le lit.

— Cela fera mal, Taleen, mais rien qu'un instant, et à la fin tu aimeras ton mal. Et je serai aussi doux que possible.

Mais une fois sur le lit elle voulut le retenir encore un peu. Blade explora son corps de ses lèvres, lui caressa les seins, les embrassa, les trouva gonflés et tièdes et palpitants dans ses grandes mains.

Il s'efforça d'être tendre mais il la désirait terriblement et, alors qu'elle le repoussait et criait qu'elle avait peur, il pesa sur elle de tout son poids, lui écarta les jambes et la pénétra doucement. Lentement au début, puis l'animal qui était en lui se réveilla et il la fouilla sans entendre ses cris. Les cris se changèrent en gémissements, puis en sanglots, et finalement elle rit aux éclats en l'enlaçant de ses cuisses fermes et en le mordillant dans la rage de son désir. Lorsqu'il jouit enfin il la sentit se convulser dans un spasme d'extase, et comprit que pour la première fois de sa jeune vie la princesse Taleen était vaincue par un homme.

Pendant un long moment ils restèrent enlacés, leurs corps nus argentés au clair de lune, tandis que, chacun séparément, ils se réveillaient de la petite mort. Taleen, ses longues jambes fines encore nouées aux siennes, soupira enfin et murmura d'une voix mal assurée :

— C'est donc cela, seigneur Blade! Grâce à Frigga, je sais enfin... et c'est toi qui me l'a appris. Comme les jeunes filles sont sottes! Elles bavardent, elles se vantent, elles parlent de ce qu'elles ignorent. Mais maintenant je comprends que l'amour n'est pas une chose que l'on peut deviner. Il est impossible de savoir ce que c'est avant de l'avoir fait!

Blade l'embrassa sur l'oreille.

— Tu m'appelles seigneur Blade. Dois-je comprendre que je ne vais pas être écorché et pendu, après tout?

Elle l'embrassa avec fougue, d'une langue plus experte déjà.

— Tu seras toujours mon seigneur. Je n'en veux point d'autre.

Blade, avec le cynisme de son âge et sachant que ça n'avait pas grande importance, ne répondit pas. Taleen se pelotonna contre lui et lui souffla :

— J'ai causé avec Abdias, le grand chancelier de mon père. Il a un réseau d'espions. Il m'a appris beaucoup de choses importantes.

Blade, de nouveau prêt pour la joute amoureuse, voulut la renverser sur le dos mais elle résista.

— Non! Écoute-moi d'abord. Il paraît que la reine Alwyth est morte et que Lycanto a perdu la raison. J'en suis ravie et j'en remercie Frigga mais il y a une chose que tu dois savoir...

Blade se souleva sur un coude et feignit d'être intéressé, tout en embrassant un de ses seins fermes.

— Qui règne en Alb, alors?

— Cunobar le Gris. Il a renversé Lycanto et il marche en ce moment sur Voth, avec toute l'armée albienne. Ils seront à nos portes en moins d'une semaine.

Mordillant du bout des dents un mamelon dressé, Blade resta indifférent à cette nouvelle.

— Eh bien? Cunobar n'est-il pas un ami de ton frère, et le tien?

— Oui, mais il y a une différence maintenant, mon seigneur. Et tout est de ma faute. En partie au moins. Car depuis longtemps Cunobar me veut pour femme. Il m'a demandée en mariage quand j'étais encore tout enfant, comme le veut la coutume. Je l'aimais bien, mais je n'ai jamais été amoureuse de lui et je n'ai fait aucune promesse. Jusqu'à ce que...

Blade releva la tête.

— Jusqu'à ce que?

— Jusqu'à ces derniers jours, quand j'étais si fâchée contre toi. Parce que tu me traitais comme une enfant et refusais de voir mon amour. J'ai envoyé un message à Cunobar le Gris. Je...

Tout devenait clair. Blade la fit taire d'un geste, avec un rire las.

— Tu as demandé à Cunobar de venir ici et de te gagner en combat singulier loyal... en me tuant?

Elle détourna les yeux et souffla :

— Oui. Je l'ai regretté mais le messager était parti. Mais ce n'est pas grave, mon seigneur.

Il suivit son regard, tourné vers la grande hache de bronze fourbie par Sylvo, qui luisait au clair de lune.

— Tu tueras facilement Cunobar, déclara-t-elle. Il n'est pas aussi vieux que le font penser ses cheveux gris, et c'est un bon guerrier, mais aucun peut te résister. Je ne m'inquiète pas.

— Moi non plus, riposta Blade, parce que je ne vais pas me battre contre Cunobar, en combat loyal ou non. Je suis las du sang et fatigué de tuer.

Taleen recula pour le contempler avec stupéfaction.

— Ce n'est pas le seigneur Blade qui parle! Tu *dois* combattre Cunobar... sans cela il m'emportera et me fera sienne. Et te traitera de lâche devant le monde entier!

Une petite fusée de douleur explosa dans la tête de Blade. Il grimaça et se laissa emporter par la colère.

— Que Cunobar t'emporte, alors! Et le diable aussi!

Le mot se répercuta dans la chambre. Le diable? Le Blade que Taleen connaissait aurait dit Thunor!

L'expression scandalisée de Taleen se changea en inquiétude. Elle considéra Blade avec une tendresse renouvelée.

— Tu ne te sens pas bien? Frigga nous aide, je savais qu'il y avait quelque chose! Tu n'es plus le même, mon doux seigneur, tu ne parles plus de la même façon. Qu'as-tu?

Blade la saisit, résolu cette fois à ne pas se laisser repousser. Elle résista, en continuant de parler, mais il l'écrasa de son poids et la réduisit au silence en la pénétrant violemment. Un instant plus tard elle gémissait de plaisir et se tordait sous lui.

Blade, au bord de la jouissance, sentit la douleur vriller son crâne. Quelqu'un hurla et il comprit que c'était lui. Puis la douleur s'évanouit pour être remplacée par un silence et un calme total tandis qu'il se sentait sombrer dans le corps de Taleen. Elle était maintenant gigantesque, toute femme, toutes les femmes, et elle lui ouvrait ses gouffres alors qu'il se cramponnait comme un insecte à ses montagnes de chair parfumée, et sentait son sang palpiter et brûler dans ses moites profondeurs. Il tombait, il tournoyait et glissait, il n'y avait rien pour se raccrocher sur ces pentes roses, la glissade s'accélérait et, au bout, l'abîme de l'éternité l'attendait pour le noyer dans la cascade bouillonnante d'un sang de vierge.

Pendant un instant frénétique, il se cramponna au bord du précipice, de la seule réalité qu'il connaissait, craignant de retourner à une réalité qu'il avait perdue. Dans un éclair de lumière éblouissante et de compréhension il vit le visage de Taleen, la chambre, Aesculp dressée dans le coin. Cette créature qui se tordait était lui. Sa main glissa par hasard sous l'orciller, ses doigts se refermèrent sur un objet rond et lisse comme une bille... Quoi?

Des mots rugissaient autour de lui, éclatant comme de petits ballons, jaillissant d'une corne, et un chœur psalmodiait que c'était la perle noire qu'il avait saisie. La perle rendue par Jarl qui l'avait reprise sous la menace à un pirate récalcitrant.

« Un tel butin est trop riche pour eux, avait expliqué Jarl. Ça ne peut que leur donner des idées... des idées... idées... idées... »

Blade chevauchait maintenant la perle noire, se cramponnait à cette convexité sombre, surgissait d'un tunnel cramoisi dans les brumes de Craghead. Le ressac chantait une litanie pour la reine Beata gémissant dans sa cage. Des têtes s'empilaient, ramassées et emportées par des mouches monstrueuses, du sang séchait sur une hache et le brouillard devenait froid, glacé... glacé...

Aesculp s'anima et quitta son coin pour bondir sur Blade, une créature terrible dont le visage était une flaque de sang. Du bronze scintilla et la chambre s'emplit du son affreux d'ailes de cuir.

Blade laissa échapper un dernier gémissement. Un mot étouffé dans la gorge. Étranglé. Ni Thunor, ni lui-même, n'aurait pu expliquer sa signification.

CHAPITRE XVI

— Certaines des plus grandes inventions, déclara Lord Leighton, ont été découvertes tout à fait par hasard. Je crois, mon cher J, que c'est le cas aujourd'hui.

Pendant quelques instants J garda le silence. Il contemplait l'homme musclé et élancé sur l'étroit lit blanc. Richard Blade dormait paisiblement, sa barbe frisée et ses cheveux longs paraissant plus noirs encore sur l'oreiller immaculé. De petites électrodes fixées çà et là étaient reliées par des fils à un grand encéphalographe placé dans un coin de la chambre stérile, dans le complexe hospitalier dissimulé très loin au-dessous de la Tour de Londres. Le silence régnait, rompu parfois par les voix basses ou le bourdonnement d'un appareil, sans jamais être troublé par le bruit de la circulation intense de la ville.

La figure digne et affable de J portait des traces de fatigue, de nuits sans sommeil. Chef du super-réseau britannique M16A, il était accoutumé à porter de lourds fardeaux, mais les dernières semaines avaient été quasiment intolérables.

— J'ai cru que nous l'avions perdu, dit-il enfin. Je

vous l'avoue aujourd'hui, Lord Leighton, j'avais abandonné tout espoir et je vous en voulais, à vous et à vos foutues manigances. Cet infernal ordinateur...

Les petits yeux jaunes de Lord Leighton étaient striés de rouge et son costume admirablement coupé n'était plus qu'un chiffon. De temps en temps, il remuait les épaules ou levait un bras comme pour se décharger de la bosse qu'il devait porter éternellement. Il examinait l'encéphalographe.

— Ses ondes cervicales sont maintenant presque normales, annonça-t-il paisiblement. Encore quelques heures et la structure moléculaire aura été restaurée. Les calmants que je lui ai administrés le feront dormir encore douze heures. Quand vous lui parlerez, J, il sera de nouveau l'homme que vous avez toujours connu.

J hocha la tête. Il alla se pencher sur Blade, et passa légèrement sa main sur le visage barbu.

— Où qu'il ait été, Lord Leighton, il a vécu dans le vent et au soleil. Il est tanné, presque noir. Cette blessure du dos...,. et les brûlures cicatrisées... Seigneur! Que de choses il aura à nous raconter!

Lord Leighton fit quelque pas (parfois le mouvement atténuait la douleur de son dos) et considéra J avec une affection mêlée d'impatience. J était un maître espion et non un savant, et il était inévitable qu'il mît la charrue avant les bœufs.

— J'espère que Blade pourra nous narrer son histoire, dit-il, mais à votre place je n'y compterais pas trop. Il peut n'en conserver que peu de souvenirs. je l'avais prévu. Je travaille déjà à une drogue qui développe la mémoire et qui, en conjonction avec une espèce d'ordinateur impulsif, que j'appellerai l'ordinateur chronos, devrait permettre à Blade de se rappeler absolument tous les détails de sa prochaine aventure. Et sans effort conscient de sa part.

Lord Leignton regarda J en souriant comme un vieux chat infirme qui vient de trouver un moyen d'attirer les souris sans effort. J en resta bouche bée.

— Sa prochaine aventure? De quoi diable parlez-vous?

Lord Leighton prit un air de martyr et désigna d'une main négligente une petite table sur laquelle se trouvait un épais dossier recouvert de cuir vert.

— Tout est là, J. Tout. Lisez-le dans le taxi, en vous rendant chez le Premier Ministre. C'est tout ce qu'il a de secret, haute priorité ou ce que vous voulez.

Le regard de J alla de Lord Leighton à Blade qui dormait paisiblement, et revint sur le savant.

— Je veux bien être damné! J'aurai mon mot à dire, Leighton. Du diable si je vais vous laisser...

— Vous n'avez pas encore bien compris, à ce que je vois. Je viens de vous dire que beaucoup de grandes découvertes, ou d'inventions, se font par hasard. Je crois que Blade a été expédié dans une autre dimension! Pas dans l'espace ni le temps, rien à voir avec vos histoires de science-fiction, mais je suis persuadé que l'ordinateur a brouillé ses cellules cervicales de manière à lui permettre de voir, et d'exister, dans une dimension que nous ne pouvons ni voir ni comprendre, alors qu'elle est peut-être autour de nous en ce moment même. Nous la traversons peut-être, en ignorant son existence. Pour parler plus simplement, ce n'est rien de plus que ce sifflet à chiens, que le chien entend mais que vous n'entendez pas. Le son est pourtant là!

J fronça les sourcils.

— Bon Dieu! Nous avons failli le perdre. Qui sait ce qui risque d'arriver la prochaine fois? S'il y en a une!

— Il y en aura une, assura Lord Leighton. Le Premier Ministre y veillera. Il n'est pas fou. Cette découverte ouvre des perpectives insoupçonnables. Elle peut ouvrir des portes que nous ne concevons même pas. Elle peut rendre à l'Angleterre toute sa puissance!

J se tut. Présentées ainsi, les choses devenaient différentes. Richard Blade risquait sa vie pour l'Angleterre depuis des années. Il exerçait une profession dangereuse, où il était le meilleur. Si on le lui demandait, il n'hésiterait pas.

— Il est en parfaite santé, assura Lord Leighton. Nous lui avons fait passer tous les tests, son cerveau n'a pas souffert et, ce qui est plus important, j'ai réussi à retrouver l'erreur de l'ordinateur. Ça n'a pas été facile. Il m'a fallu des jours de travail. Dans un sens, c'est ma faute. J'ai construit cet ordinateur de manière qu'il rectifie lui-même ses erreurs, ce qu'il a fait. C'est pourquoi j'ai dû le démonter entièrement, faire des centaines d'expériences avant de retrouver l'erreur afin de l'inverser, pour ramener Blade. Mais je n'aurai pas besoin de recommencer. Si je n'avais pas pensé à cette histoire de Stevenson, jamais je n'y serais parvenu.

— Stevenson? Je ne vous suis pas.

— L'écrivain, voyons! Ce type qui a écrit *le Docteur Jeckyll et Mr. Hyde*. Vous ne vous souvenez pas? Le docteur Jeckyll pouvait se transformer en Hyde et vice-versa, à cause d'une impureté — semblable à l'erreur de l'ordinateur — dans la potion qu'il avait bue. Mais quand la première fabrication a été épuisée, l'impureté inconnue ayant disparu, il n'avait plus que son mélange pur. Et il était coincé dans le corps de Hyde. Il me fallait donc trouver l'erreur que l'ordinateur avait effacée, et la reprogrammer. Et l'inverser pour récupérer Blade. Au fond, c'est assez simple, si l'on pense logiquement.

— Ça vous a pris assez longtemps, grogna J. Vous avez dû faire une bonne centaine de tentatives.

— Cinquante-et une. Et je l'ai saisi à la cinquante-deuxième. Je me demande ce qu'il faisait à ce moment. Et s'il comprenait ce qu'il se passait.

On frappa à la porte. Lord Leighton alla ouvrir et prit la petite enveloppe qu'un gardien en uniforme lui tendait. Il referma la porte à clef, puis se retourna vers J, en ouvrant l'enveloppe. Une grande perle noire roula dans la main. Il la lança à J, qui faillit la laisser tomber.

— Forme et pureté parfaites, lut le savant en dépliant le rapport des experts. Lustre de la plus haute qualité, inconnu à ce jour. Rien qui concerne une perle de ce genre dans les archives des temps historiques. Impossible d'évaluer sa valeur monétaire car elle est unique. Et ainsi de suite, il y a un tas de jargon technique que je ne me donnerai pas la peine de lire. Mais vous comprenez maintenant, J? *Blade a rapporté quelque chose!* Appelez ça un trésor si vous voulez, ça n'a pas d'importance. Mais à son prochain voyage, que ne rapportera-t-il pas? La connaissance, J! Du savoir!

Blade s'agita soudain sur le lit, et prononça un mot :

— Taleen...

Les deux hommes l'entendirent distinctement (et d'ailleurs les magnétophones étaient en marche) et se précipitèrent vers le lit.

Mais ce fut tout. Richard Blade continua de dormir, le sourire aux lèvres.

IMPRIMÉ EN FRANCE PAR BRODARD ET TAUPIN
7, bd Romain-Rolland - Montrouge.
Usine de La Flèche, le 15-03-1976.
6321-5 - N° d'Editeur 10208, 1er trimestre 1976.

Ne manquez pas de suivre la croisade meurtrière de Mack Bolan, surnommé

L'EXECUTEUR

Parce que sa mère, son père et sa sœur ont été victimes de la Mafia, l'Exécuteur, poussé par une haine qui jamais ne s'éteindra, lui déclare une guerre implacable. Sa vengeance est simple et féroce. Tuer, tuer, tuer... Mais la puissante organisation riposte sans merci.

Titres déjà parus :

GUERRE A LA MAFIA
MASSACRE A BEVERLY HILLS
LE MASQUE DE COMBAT
TYPHON SUR MIAMI
OPERATION RIVIERA
ASSAUT SUR SOHO
CAUCHEMAR A NEW YORK
CARNAGE A CHICAGO
VIOLENCE A VEGAS
CHATIMENT AUX CARAIBES
FUSILLADE A SAN FRANCISCO